君に触れたら

CROSS NOVELS

松幸かほ
NOVEL:Kaho Matsuyuki

小椋ムク
ILLUST:Muku Ogura

CONTENTS

CROSS NOVELS

CONTENTS

君に触れたら

Presented by
Kaho Matsuyuki
with
Muku Ogura

Story
松幸かほ

Illust
小椋ムク

CROSS NOVELS

プロローグ

「やめてくだ……っ」

上げかけた声は、口を大きな手でふさがれ不明瞭にこもったものになり下がる。

「大人しくしてろよ。そうすれば、痛い思いはしないで済むんだから」

ニヤニヤと笑いながら、目の前の男はそう告げる。

中高一貫教育で知られる全寮制男子校の青陵《せいりょう》学院。その図書館の片隅にある人気《ひとけ》のない書架の陰で、二週間前に入学して来たばかりの中等部一年の新堂《しんどう》真咲《まさき》は、高等部の生徒に襲われていた。

同級生の中でも体の小さな方である真咲に対し、目の前の生徒は体育会系の部活動をしているのか、太っているわけではないががっしりとした体軀と一八〇近い長身で、その体格差だけでも真咲の抵抗など意味をなさないほどなのに、後ろの壁に体を押しつけられて完全に逃げ場を失ってしまっていた。

「う……っ…ん…っん！」

男のもう片方の手が真咲の制服のブレザーのボタンを乱暴に外し、下に着ているシャツへと伸びる。

その手を真咲は両手で必死になって阻《はば》もうとした。男はその様子に小さく舌打ちをするとシャツのボタンを外すのを諦《あきら》め、代わりにズボンの裾からシャツを引き出し、そこから手を忍び込ませて直《じか》に触れて来た。

「―――っ！」

肌を撫でる男の手の感触が気持ち悪くて真咲の眉がきつく寄り、それと同時に瞳にうっすらと涙が浮かぶ。

――なんで僕がこんな目に……。

夢と希望を持って、などと陳腐なことを言うつもりはないが、決して低くはない倍率を乗り越えて入学した難関校での新生活は楽しいものであるようにと願っていた。

それなのに、名前も顔も知らない上級生に襲われている。そして、逃げる術《すべ》はなかった。口を押さえる手の力は強く、顎《あご》が圧迫されて関節が痛いほどだ。その上、肌を撫でる手の動きは淫らさを増していた。

気持ち悪さしか感じられないその感触に、真咲の目からとうとう涙が溢れたその時――。

「おい！　何をしてる！」

見咎《みとが》める鋭い声が上級生の背後から聞こえた。その声に、真咲の肌を弄っていた手が弾かれたように服の裾から引き抜かれる。

「何って…何も……」

上級生の声は震えていた。見られてはいけない相手がそこにいるのだということは分かったが、真咲からは上級生の体が邪魔をして、誰がそこにいるのか見えなかった。

「何もって様子じゃない。おまえの後ろにいるのは誰だ?」

足早に近づく音と問う声がしたと思ったら、あっという間に上級生は真咲から引きはがされた。

その時、真咲は初めて誰が来たのかを知った。

それは、高等部の三年生で生徒会長をしている藤居《ふじい》貴尚《たかなお》だった。

中高一貫教育で全寮制とはいえ、高等部と中等部は学校の校舎はもちろんだが寮でさえ建物は別で接点らしき接点はない。

入学間もないこの時期の新入生なら高等部の生徒は「時々ミックスゾーンで見かける人たち」にすぎない。

貴尚は高等部の代表として、中等部の入学式で祝辞を読んだ。だから、顔を覚えていた——というだけではない。

確かにそれが貴尚を見たきっかけだったが、貴尚は一目見たら忘れられないほど整った顔立ちをしていた。

涼やかな目元と、細くまっすぐに通った鼻梁、綺麗な形の唇。それらが絶妙なバランスで配置されて、作り物のように思えるほどだった。

あまりに格好良くて、真咲は彼が祝辞を終えて壇上を降りてからも、式の間中、彼をちらちらと見ていた。

しかし、式が終わってしまうと高等部の生徒とは思った以上に交流がなく、偶然ミックスゾーンで見かける、というのが精々だった。

その貴尚が間近にいる。

だが、あまりにも最悪な状況だと思った。

貴尚は引きはがした高等部の生徒を一瞥《いちべつ》すると、

「明日、昼休みに生徒会室へ来るように」

冷たい口調で言い放った。

「俺は何も……っ、そいつが…」

真咲へと視線を向け、共犯者に仕立て上げようとしかけた生徒に、

「部活の仲間にも迷惑をかけたくなければ、余計なことは言わずに言う通りにしろ」

決して荒らげた口調ではないのに、逆らうことを許さない響きを持った声で告げる。その言葉に、生徒は唇を噛むとばつの悪い顔でその場を離れた。

それを確認してから、貴尚はゆっくりと真咲を見た。

「大丈夫？　怪我はさせられてない？」

先刻の冷たい声の人物とは思えないほど、優しい声だった。

「…大、丈……」

大丈夫です、と言いかけた瞬間、膝が突然崩れて、真咲は壁に背中を預けた状態でずるずるとその場にへたりこんだ。

恐らくほっとしたのだろう。急に涙が溢れてきて、嗚咽《おえつ》が漏れた。

「怖かっただろう？　もう大丈夫だから」

貴尚は真咲の前に膝をつくと、制服のポケットからハンカチを取り出し、それで真咲の涙を拭う。だが、拭われるそばから涙は溢れた。

「すみ……ませ……っ…、ごめ…ぃ…わくっ……かけ…」

しゃくりあげながら謝る真咲の頭を、貴尚は優しく撫でる。

「君が悪いわけじゃないから、謝らなくていいよ」

撫でてくれる手も、かけられる言葉も優しくて、真咲の涙はますます止まらなくなる。

しかし、貴尚は呆《あき》れたりもせず、真咲が落ち着くまでそばにいてくれた。


思えば、この時に真咲は貴尚に恋をしたのだ。

綺麗で格好いい高等部の生徒会長、という憧れだけの存在から、恋愛対象へと変わった。

それが真咲にとっての淡い初恋だった。

1

夜だというのに街は店々の明かりで明るく、そして華やかな気配に包まれていた。

いや、夜だからこそ華やかに感じる、と言ってもいいのかもしれない。

その夜の街を二十歳になった真咲は、水の中を自在に泳ぎ回る金魚のように回遊する。

美しいアーチを描く眉と、黒目がちな大きな瞳と長い睫《まつげ》。繊細な鼻梁から口元にかけての横顔のラインは、ハッとするほど整っていて、華やかな夜の気配そのままを人の形に作りあげたような真咲の様子は、多くの人の目を引く。

だが彼らの視線を真咲は気にもかけず、軽やかな足取りで進んだ。

「よう、真咲、これからちょっと寄ってかねぇ？」

夜の街だけで会う顔見知りも増え、気軽に声をかけてくる。今声をかけて来た男も、その中の一人だ。

それに真咲は片方の唇だけで笑みを浮かべながら、

「今日は遠慮しとく」

あっさりと誘いを断る。

「なんで？　都合悪い？」

「ううん、気分じゃないだけ」

そんな理由を口にしても、相手を嫌な気にさせないように極上の笑みを浮かべ、じゃあね、と指先をひらひらとさせて、行き過ぎる。

気分じゃなければ、誰の誘いも受けない。

たとえそれが、どんなレベルのお偉いさんだとしても。

そんな不遜な態度を取っても許される、小悪魔――などと言われているが、実のところそうではない。

もともと真咲は臆病かと思えるほど慎重な性格と、ネガティブスパイラルを引き起こしてしまう思考回路の持ち主である。

それなのに何故《なにゆえ》、小悪魔などと評されるような人物像がまかり通っているのかと言えば、それはひたすら真咲がある人物のことを真似てきたからだ。

まるで女王様のようだった上級生。

好き、というのとは別の意味で憧れた。

整った容姿はもちろんだが、何をするにも自信に溢れた態度や、人の目を引きつける仕草。そのすべてが、美しいと思えた人だった。

だが、いくら真似ても、本来の真咲の性格が変わることはない。

真咲は男の誘いを断った後、かなりの距離を歩いていつもは入らない路地へ入って、後ろから誰もついてこないのを確認するまで緊張していた。

気を悪くして、後ろから急に殴りかかってこないか、とか、しつこく追いかけてくるんじゃないか、など、いつも通りマイナスな想像をついしてしまっていたのだ。

だが、心配したどちらもない、と分かって、真咲はようやく安堵《あんど》の息を吐いた。

ほっとしたついでにジーンズのポケットから携帯電話を取りだし、時間を確かめる。

十時過ぎ。

帰るのには丁度いい時間だが、なんとなく、まだ帰りたい気分ではなかった。

――帰ったって、誰が待ってるってわけじゃないんだし……。

真咲はそのまま路地をまっすぐに進んだ。

袋小路になっていなければ、どこかに出るだろう。そう思って少し進んだ時、銅板で作られた看板が目に入った。豆球程度の明かり二つに照らされた看板には「鈴《すず》」とだけ彫られていた。

「鈴屋？　なわけないか」

この時間に看板に火を灯している職種など限られている。

恐らくバーか何かなのだろうと察しをつけて、真咲は店の扉を開けた。

そこは思った通り、バーだった。

奥に十席ほどのカウンターと、テーブル席が七つほど。店の大きさから考えれば、もう少しテーブルを置けそうだが、そうしないことでゆったりとした空間を保っているのだろう。

「いらっしゃいませ」

フロアに出ていたウェイターがすぐ真咲に近づいてくる。

「カウンターとテーブル、お好きな席へどうぞ」

テーブル席には二組、カウンターは奥の三つに客がいた。

「ありがとう」

短く返し、真咲はカウンターへと向かい、手前の席に腰を下ろす。

カウンターテーブルは古いもののようだったが、磨き抜かれてしっとりとした艶を放っていた。

カウンターの中にいた白いシャツに黒いベストのバーテンが真咲の前にメニューとおしぼりを出してくる。

真咲は差し出されたメニューを開くと、ジントニックを注文した。

真咲の言葉にバーテンは黙って頷《うなず》くとグラスを手に取った。その時、カウンターの奥から誰かの声が聞こえ、バーテンは真咲に、少々お待ち下さい、と断ると奥へと下がった。

待たされることになった真咲は、店内の様子に目を走らせた。

モリス風の壁紙はまだ新しいもののように見えるが、壁の腰板や床板、それに置いてある幾つかのインテリアは程よく時間を経た、という感じがした。

――改装したってとこかな。

頬杖をつきながら、そんな風に見当をつけていると、カウンターにバーテンが戻って来た気配がした、それに視線を戻すと、目の前にはさっきのバーテンではない男がいた。白いシャツを着ているがベストはなく――いや、そんな話ではなく、真咲の頭はその男の顔を見た瞬間、一気に血が上った。

涼やかな目元と、細くまっすぐに通った鼻梁――一目見たら忘れられない美貌。

真咲にとって、決して忘れられない存在。

藤居貴尚だった。

――先輩…。

心臓が速くなる。

おかしいと思われると分かっているのに、真咲の目は貴尚に釘づけになっていた。

貴尚は鮮やかな手つきでグラスに注ぐと、そっと真咲の前に差し出し、

「どうかしましたか?」

口元だけに笑みを浮かべ、聞いた。

その言葉に真咲は、不自然にならないように目元を細め、ほんの少し気を持たせるような間を置いて唇を開いた。

「さっきと違う人だと思って」

そう言うと、貴尚の返事を待たずにジントニックを口に運んだ。

一口飲んで、ゆっくりとコースターに戻す。

満足げな笑みを口元に浮かべて、おいしい、という意思表示に変えたが、味わう余裕などなかった。

心臓はバカみたいになっているし、頭の中はまるで舞い飛ぶ蜂の集団に襲われた時のように小さな自分が右往左往しまくっている。

――落ち着け、落ち着け。ここはあれだ、相談しかない。

真咲は動揺を悟られないように、いつもの自分を演じつつ、携帯電話を取りだすと、物凄い速さでメールを打った。

『会っちゃった！　会っちゃったっていうか、見つけちゃった！　藤居先輩、今、目の前!!!』

浮かれまくり動揺しまくりな文面を送信した相手といえば、青陵学院時代の同級生である萩原《はぎわら》忠明《ただあき》だ。

同学年のみならず、上級生からも一目置かれる存在で、中等部も高等部でも生徒会長を任されていた。そんな忠明とは中一の時に寮で同室になって以来、高校を卒業するまで、いや、卒業後に進学先が分かれた今でもまめにやり取りをしている。

真咲が高等部で生徒会副会長などという晴れがましい立場になった理由の半分は、忠明と仲が良かったからだ。

その忠明からのメールの返信はすぐにあった。

『で？』

そっけなさすぎる、文とも言えない返信だったが、それはいつものことだ。いや、真咲が動揺しているのが文面から分かるからこそ、そっけない返事で落ち着かせようとしているのだ。

『どうしよう。ホントに目の前!!!　相変わらずっていうより、前よりもっと格好いい。ホントにホントにどうしよう!』

真咲がさらにそう打って返すと、今度はやや長めの——さっきより短くなりようもないが——返事がきた。

『深酒して、失態晒《さら》す前に帰れよ。俺はこれから風呂に入る』

冷静そのものな指示と、この後はメールしてきてもすぐに返事はできない、と伝えてくる。

——失態……。

その文字に真咲は見入った後、携帯電話を閉じ、ポケットにしまう。

カクテルの味も分からない状態の今なら、調子に乗って飲みすぎることはありえる。

自力で帰れなくなるような失態を晒したらもうこの店に来られなくなるだろう。

——そうだ、落ち着け、落ち着け僕。

カウンターの中にいる貴尚は、真咲に気づいた様子はない。

濃い接点といえば、あの図書館での一件のみだし、何よりあの頃の真咲と今の真咲は全く違っている。

あの頃の真咲は、果てしなく地味で目立たない生徒だった。

もともと社交的ではなく、一人で本を読んだりしているのが好きなタイプだった。だからあの時も図書館へ持ち出し禁止になっている本を閲覧に行っていたのだ。

そんな真咲だったからこそ、生徒会長として尊敬を集め、生徒を統率している貴尚の姿に憧れた。何でもできる完全無欠の生徒会長。知れば知るほど凄い人で、憧れずには、いや、好きにならずにはいられなかった。

——とにかく今日は忠明のいう通り、早めに引き上げよう。

動揺している今、長居をすると感情がだだ漏れしそうで危険だ。

——先輩の好みは、クールでドライで、でも時々甘えてくるような猫みたいな人だったし。

頭の中に鮮やかによみがえる人物の姿がある。

それは、当時貴尚がつきあっていた相手だ。

中等部時代から続いていて、貴尚と公認の相手になっていた加賀碧《かがあおい》という人物だった。

その人はとても綺麗な人で、色素の薄い髪と肌、猫のような瞳が印象的で、男に対する形容としては間違っていると思うが、まるで女王のような存在感があった。

貴尚に憧れて——恋心を抱いた三日後に、碧の存在を知り失恋した。

もちろん、碧の存在がなかったとしても、告白などする勇気もなかったし、何より告白を思い立つこともなかっただろう。

貴尚は真咲にとって、そんな大それたことを考えられるようなレベルの相手でもなかった。

ひまわりが太陽を見るように、憧れて見上げるだけの存在だった。

だから、失恋は至極当然のことだと理解はしたものの、もし碧の存在を知らなければ「もしかしたら」という妄想くらいはできた。

けれどそんな妄想さえできない、というのはやはり落ち込むもので、一週間にわたり陰々滅々と真咲は落ち込んだ。

その真咲の様子を心配して、相談に乗ってくれたのは、忠明だった。

いや、二人部屋の寮で同室の生徒がそんな様子なら、声をかけずにはいられなかっただろう。鬱陶《うっとう》しくて。

それでも、忠明が人の悩みを鼻で笑うような人物でないことは、長くないつきあいでも分かったし、思い切って落ち込んでいる理由を話してみた。

貴尚も碧も凄い人過ぎて、見上げるのが精いっぱいな人たちだということも分かってるし、そんな人たちと冴えない自分を比べること自体がおかしいことも分かってる。

分かっているけれど、落ち込んでしまうのだ、と。

忠明は少し戸惑いながらも黙って聞いた後、少し考えてから言った。

『でも、おまえ、ちょっと加賀さんと似てるかもって思う』

正直、慰めにもならない言葉だった。

地味で地味で、も一つ地味を上乗せしてもたりないほど超地味な自分と、艶やかな碧との間に共通点など見いだせない。

あるとすれば「ホモサピエンス・日本人・男子」くらいのものだと思ったのだが、

『おまえ、目立たないってだけで、結構綺麗な顔してると思う。それに、目指す路線としては、加賀さんは無理のないゴールだと思うけどな。藤居会長路線目指すっていうよりは、無理がないと思う。なんていうかさ、金星は遠いけど、月なら近い、みたいな』

忠明はそう言った。

つまり、大気圏を脱出するスケールでの話であるらしいが、それほど遠くても、確かに金星よりは近いよな、と真咲はぼんやりと思った。

地味な自分が嫌だったわけではないし、目立つ存在になりたかったわけでもなかった。

けれど、少しでも綺麗になれたら、何か変わるかもしれないと思ったのは事実だ。

今のままの自分だと何も変わらない。

何がどう変わるかは分からないし、変わったところで貴尚とどうこうなるなんて思いもしなかったが、もし碧に少しでも似たら、何かの時には気にしてもらえるかな、などと思った。

幸い、碧を見かける機会は多かった。中等部にもファンが多くいる碧は、まるでファンサービスでもするかのようにミックスゾーンに姿を見せては、気軽に中等部の生徒と話したりしていた。

その様子を目立たないように観察しながら、碧の仕草を必死で頭に叩き込み、写真部が販売している碧の写真を、おかしく思われない程度に数枚購入し、表情の作り方を勉強した。

さらには、聞こえてくる碧の噂や言動も全部書き留めた。とにかく碧に関係する情報を全部集めて、分析した。

すべては碧を真似るためだ。

もっとも、下調べと分析だけで半年以上を費やして、人前で碧の真似を――真似をしていると気づかれないほどのささやかなレベルから始めたのは、年が明けてからのことだった。

そのうち、卒業シーズンが来て、高三だった貴尚と碧は卒業していった。

この時点で真咲が碧を真似る意味はなくなってしまったのだが、真咲は目的を見失ったことにも気づかず、碧の真似を続けた。

どんな時も、碧ならどんな言動をするだろうかと意識して――気がつくと真咲は碧と似たポジションに立っていて、イメチェンは大成功していた。

高校を卒業して、真っ黒だった髪を少し茶色に染めると、顔が似ているというわけではないのに、自分でも驚くくらいに碧と雰囲気が似た。

今の自分なら、貴尚と会うことがあっても臆することなく話せるかもしれない。

もしそんなチャンスがきたら――とずっと思っていた。

この街でいろいろと遊ぶようになったのも、貴尚がここで何かの店をしているらしいという噂を聞いたからだ。

だから、貴尚と会う機会があるかもしれない、とはずっと思っていたのだが、実際に貴尚と会ったら思考が完全に弾け飛んだ。

――いや、今日は油断してたし！　とにかく帰って作戦を練らないと！

決意したが、このまま帰るとただの一見客《いちげん》で印象に残らない可能性もある。

真咲は少し考えた後、貴尚が別の客の相手をしている合間に、携帯電話のストラップの飾りを、金具を無理やり引っ張って外し、床に落とす。

そして、残っていたカクテルを飲み干すと近くにいたアルバイトらしいバーテンにチェックを、と精算を頼み、席を立つ。

その気配に気づいたのか、貴尚が軽く視線を向けてくる。それには気づかない振りで、真咲は入口近くのレジに向かった。

「ありがとうございました」

店を出る時、カウンターから貴尚の声が聞こえ、真咲はふっとそちらを見ると指先をひらひらとさせて、外に出た。

入って来た路地を戻り、大きな通りに出てから、真咲は大きな息を吐く。

「なんとか、脱出って感じ……」

心臓はまだドキドキしていた。

店の中でみっともなく真っ赤になったりはしていなかっただろうか、と今さら心配したが、店内の照明は明るいわけではなかったし、気づかれていないはずだ、と思い込むことにした。

——さあ、落ち着いて。これからどうするか考えないと！

真咲は駅へと足を向かわせながら、次への算段に考えを巡らせた。


真咲が再び貴尚のバーを訪れたのは、三日後のことだった。

八時過ぎの店内は、まだ客が来るには早いのかカウンターに二人の女性客がいるだけだった。

その相手をしていた貴尚は、真咲の姿を認めると小さな会釈を寄こした。

真咲は迷いなくカウンターの、この前と同じ席に腰を下ろす。貴尚はすっと女性客の前から離れ、真咲の前へと来た。

「いらっしゃいませ」

「ジントニックを」

貴尚は頷くと、見惚れるような鮮やかな手つきでジントニックを作る。その間も、女性客の視線は貴尚へと向けられていた。店に来る目当ては貴尚なのだろうということは簡単に見てとれる。

実際、貴尚が真咲のカクテルを入れ終わるのを待って、女性客が呼び戻すように貴尚に新しいカクテルをオーダーした。

真咲は気にするそぶりも見せず、ジントニックを口にしながら、予定している作戦を頭の中で再構築していく。

この三日間、どうしたら貴尚の中にさりげなく、けれども忘れられない印象を残せるかを考え続けていた。

──とりあえず、この前僕が来たことを覚えてるかどうかだな。

それによって作戦の方向が決まる。

とは思うものの、一つ気になることがあった。

──加賀さんとは、どうなってるんだろう、今。

二人は同じ大学に進学したはずだ。

今もまだつきあっているのだろうか？

もしそうなら、自分のしていることは無駄になる。

──でも、それを聞くのはまだ時期じゃないし。

それに、たった三日で終わった初恋の苦さを思いだすと、今はまだあいまいなままで希望を残しておきたい。

真咲が一杯目を飲み終えるまでに、女性客が次々にやってきた。

一人客か、二人客ばかりで、彼女たちの目当てが貴尚なのもすぐに分かったが、いつもこの時間くらいから込み始めるらしく、カウンターにはバイトらしいバーテンが一人入っていた。

そのバイトにさりげなく女性客の相手をさせ、貴尚はすっと真咲の前に来た。

何を話すでもなく、麻布でグラスを拭き始めた貴尚に、真咲は声をかける。

「お店、もう何十年も続いてるって感じだけど、長いんですか?」

使い込まれたカウンターのテーブルを指先で撫でながら問う。

「私が始めてまだ三年弱ですが、その前も同じようにバーで、三十年以上続いていました」

「じゃあ、ここはあなたのお店なんですか?」

貴尚の店だということは知っていたが、初めて聞いた風を装って首を傾げて聞き返す。

「ええ」

「若いのにオーナーって凄いなぁ、憧れる」

さらりと言った後、

「お店の内装って、前のお店の時とそんなに変わってない感じ? 家具っていうか、棚とかそういうのも」

「ええ、全体的な雰囲気が気に入っていましたから、できる限り残して、手を入れた部分も浮かないようにして」

「壁紙は新しいみたいだけど、モリスっぽいのが程よくアンティークな感じで家具となじんでていいね。なんかロンドンあたりのバーみたい」

そう言った後、すぐに笑って、ロンドンに行ったことはないけど、と付け足す。

「ありがとうございます」

貴尚はあまり表情を変えなかったが、気分は悪くなさそうだった。

そして少し間を置いてから、思い出したようにポケットを探り、そこからある物を取りだした。

「これ、お客様の物ではありませんか?」

貴尚が手の上に乗せて差し出したのは、この前真咲がここにわざと落としてきたストラップの飾りだった。

「あ……、ここに落としてたんだ」

真咲は驚いた表情浮かべ、貴尚の手の上の飾りを受け取る。

「従業員が掃除をしていて見つけたそうです」

「うわ、凄く嬉しい。気に入ってたから、これ。でもどこで落としたか分かんなくて……ありがとうございます」

大切そうに飾りをカバンの中にしまいながら、前回真咲がここに来たことを覚えていることに胸のうちで安堵する。

――客商売だから、覚えてただけ? それとも……?

真咲がそう思った時、貴尚は空になったグラスに視線をやった。

「もう一杯、お作りしますか?」

「うん、お願い…します」

丁寧《ていねい》な口調を付け足したのは、なれなれしい口調を続けるのはよくないと判断したからだ。

――フランクとなれなれしいのは別だしね。

そのあたりの匙加減も一応は考えて、微妙な距離感を出す。

それも作戦のうちだ。

貴尚はさっき使ったのと同じジンのボトルを手に取りかけ、その手を引っ込めると、真咲に聞いた。

「バーで聞くことでもないですが、お酒は、お好きですか？」

「ホント、バーでそれを聞かれると思わなかった」

真咲はそう言って笑った後、

「やっとアルコールが解禁の年齢になったから、今はいろいろ試してみたい気持ちでいっぱいってとこかな。でも、冒険するのも怖いから、結局ジントニックばっかり頼んじゃうんですけど」

そう続ける。

「ジントニックでも、ベースを変えると味が変わりますよ。ここではお客さまからの指定がない限りビーフィーターを使っていますが、ゴードン、タンカレーを使う店も多いですね。ボンベイ・サファイアを使う店も増えてきた気がしますが」

「そんなに違うもんですか？」

「ええ。試されますか？」

その言葉に頷くと、貴尚は棚から三つのボトルを取り、真咲の前に並べる。

「右がタンカレー、真ん中がボンベイ・サファイア、左がゴードン」

真咲は並べられた三つのうち、緑色のボトルのタンカレーを指差した。

「これで」

「かしこまりました」

貴尚は緑のボトルを手に取り、それでジントニックを作った。

どうぞ、と出されたジントニックを口にした真咲は、すぐにその味の違いに気づいた。

「さっきのより苦いっていうか、辛い…？　あと、香りが強いのかな」

真咲の返事は貴尚の感じる味の違いと近かったのか、小さく頷く。

「少し好みが分かれるところですね」

「うん、たまに変えてっていう感じでなら飲みたいけど、毎回だとつらいかな。あ、でも癖になる味かもしれない」

舌に残る風味は決して不快な物ではなくて、真咲の判断が揺らぐ。

「飲んでると、これもありって感じになる」

そう言った真咲に貴尚は笑った。

「可愛い顔で、結構な酒豪になりそうなことを」

さらりと『可愛い顔』などということを言ってくるあたり、油断ならないな、と思う。いや、油断ならないというよりも、真咲が無防備になっていて、うっかりときめいてしまっていた。

——やばい、気をつけないと。

ちょっとときめく程度ならいいのだ。

というか、可愛いだの何だのという褒め言葉は、碧の擬態をし始めてから結構言われるので、もはや挨拶に近い。

だが、それを言う相手が貴尚となれば全く別で、有頂天になってしまう自分がいる。

――落ち着け、落ち着け。作戦中なんだから！

自分に言い聞かせて、真咲は視線を少し巡らせる。その時、カウンターに陣取っている他の女性客がこちらをあからさまに凝視しているのに気づいた。

真咲が見ているのに気づいても、目を逸らすそぶりもない。むしろ、気を利かせなさいよ、とでも訴えているようにも見えた。

真咲は口の端で薄く笑うとゆっくりと視線を貴尚へと戻す。

「あちらのお客様が、マスターをお待ちのようですケド？」

「オーダーは、ちゃんとバーテンが聞いてますから、大丈夫ですよ」

戻るつもりはないらしい。

「僕をエスケープゾーンに使ってるんですね？」

笑って言うと、貴尚は笑った。

「とんでもない。常連になってもらえるかどうか、営業の真っ最中ですよ」

その言葉に、真咲はにっこりと笑う。

「少なくとも、あと二回は来ますよ。ボンベイ・サファイアと、ゴードンを飲み比べたいし」

そう言って、グラスのジントニックを飲み干すと、精算を頼む。

貴尚は一瞬残念そうに思える表情を見せたような気がしたが、本当に一瞬のことでよく分からなかった。

精算を終え、店を出る真咲を、貴尚はカウンターを出て扉まで見送った。

「またのおこしを」

「うん、またそのうち」

軽く言って、真咲は店の外へ出る。

店の扉が閉まった途端、まるで魔法が解けたように心臓がドキドキし始めた。

──危なかった……。

あれ以上長居をしていたら、貴尚が目当てなのがモロバレしてしまっただろう。

今はまだばれるわけにはいかないのだ。

真咲は小さく息を吐くと、帰路につく。

そして、今夜のことを思い返していた。

貴尚は少し真咲に興味を持ってくれたのかもしれない。本人が口にしていた通り、常連になってもらうための営業という思惑もあっただろうが、それだけ、ではないように感じる。

──何にせよ、まだこれからだ。

真咲は、今日の成果と反省を繰り返しながらも、貴尚と長く話せたことが嬉しくて幸せな気持ちになっていた。

◇◆◇

熱心に、というほどではなく、気まぐれにふらりと立ち寄っては、あまり長居をすることもなく、時には貴尚が前にいても話さずに携帯電話でメールのやり取りに没頭したりして、帰る。

そんなつかず離れずの距離感を保って一カ月ほどを過ごした後、真咲は何の予告もなく、貴尚の店に行くのをやめた。

次に店に行ったのは二週間以上時間をあけてのことだった。

「いらっしゃいませ」

久しぶりに店に顔を出した真咲を迎えたのは、すっかり顔なじみになったバイトのバーテンだった。

真咲はもう指定席のようになった——少なくとも、そこ以外に座ったことはないので——カウンターのいつもの席に腰を下ろす。

「ジントニック、ボンベイ・サファイアで」

注文をして、軽くカウンターの周囲に視線を走らせる。

相変わらず女性客が多い。だが、貴尚はカウンターの中にいなかった。

——来てないってことはないよな。奥かな。

そう思った時、奥から貴尚が出てきて、真咲が座っているのを見るとほっとしたような表情を見せた。

「代わろう」

貴尚は、真咲のグラスを準備したところだったバーテンに短く言い、真咲の前に立つ。バーテンは真咲の注文を伝えると、別の客のところへと向かった。

「随分と久しぶりじゃないか？」

ボンベイ・サファイアの薄い青色をしたボトルを手に取りながら、貴尚が言う。店に通ううち、貴尚の口調はすっかり砕けたものになっていた。

「そうだっけ？」

真咲は軽く首を傾げ、とぼけてみせる。

「二週間ぶりくらいじゃないか？　忙しかったのか？」

「んー、なんか出歩く気分じゃなかったってだけ」

そんな風に答えたが、店に来るのに間をあけたのは、貴尚がどういう反応をするかを見るためだった。一週間では短くてインパクトがないから、と考えて二週間にしたのだが正直この二週間は真咲にとってかなりつらかった。貴尚に会いたくて仕方がなくて。

――来なかった日数を大体把握してるってことは、結構僕のこと気にしてくれてるって思っていいんだよね？

常連になりかけていた客が来なくなったから、だから気にしていたと取れなくもないが、仮にそれだけが理由だとしても、自分のことを気にかけてくれているというだけで物凄く嬉しかった。だが、そんな気配は毛ほども見せず、真咲はこの夜もいつものようにカクテルを二杯飲むと席を立った。

「次は心配しなくて済むうちに来てくれ」

レジで真咲に釣りを渡しながら、貴尚は言った。

――これって、かなり好感触なんじゃないの？

真咲は貴尚の言葉に口元だけで笑ったが、心の奥底でガッツポーズをする。

しかし、表情は決して崩さないまま、

「ごちそうさま」

そう言って、店を出た。

しかし、家路に向かう真咲の足取りがあからさまに浮かれていたのは言うまでもない。

2

ペースを決めず、気まぐれを装いながら真咲は貴尚のバーに顔を出した。

それでも行けば前よりも長居をすることが増え、貴尚との距離はかなり近くなっていた。

「映画で、ジェームズ・ボンドが飲んでたマティーニって作れる？」

いつもの席で、一杯目のジントニックを飲み終えた真咲は、貴尚に声をかけた。

「似たのなら、作れるよ。それでいい？」

「似たのなら？」

「本物のレシピに出てくるベルモット、今は輸入禁止になってるから手に入らないんだよ。だから代替品になる」

「うん、全然構わない。よろしく」

真咲の返事に、貴尚は、

「おまえくらいだぞ、メニューにないものでも平気で注文するのは」

苦笑しながら、シェイカーを手にした。

最近、真咲はジントニックを一杯目に飲んだ後、二杯目には違うものを注文することが増えていた。

それも、メニューに載っているかどうかを確認もせず、思いつきだったり、「なんか甘いやつ」だの「青いの」だの、アバウトだったりだ。

「平気ってわけじゃないじゃん。今だって、ちゃんと『作れる?』って聞いたし。それに、名前分かんないんだから、メニューで確認のしようがないじゃん」

真咲の反論を聞きながらも、貴尚は気を悪くした様子はない。ゴードン・ジンとウォッカ、そしてベルモットを入れてシェイカーを振ると、カクテルグラスに注いだ。

「名前はヴェスパーマティーニ」

「へぇ、ちゃんと名前がついてるんだ」

「ボンド・マティーニでも通用するよ。シェイクする分、角が取れて飲みやすくなる。だからジェームズ・ボンドはアルコールに強くないんじゃないかって説があるけど、これを三杯飲んでから仕事に取り掛かるって記述もあるから、相当強いとも言えるな」

貴尚の話を聞きながら、真咲はカクテルを口にする。

確かに、ウォッカが入っているのにそんなにアルコールが強い感じはしなかった。

「飲みやすい。でも飲みやすいと、飲み過ぎたりしそう」

「だから一杯でやめとけ」

貴尚がそう言った時、奥にいた常連の女性客が貴尚を呼んだ。

真咲が来る時にはいつもいる顔だ。恐らく毎夜来ているのだろう。

貴尚は呼んだ女性の元へと向かった。

前よりも長居をするようになったと言っても、貴尚とずっと話しているということはない。今のように貴尚を呼ぶ客は多いし、貴尚自身、特定の客を特別扱いというのは他の客の手前しないように心がけている様子で、手が空いても真咲の元にすぐさま戻ってくるということはない。

他の客に目を配ったり、奥に下がってしまったり——それでも、他の客の元にいる時よりも自分に割く時間は多いと真咲は感じていた。

——でも、それは僕が男だから、安全牌《パイ》って話かもしれないしさ。

真咲が男だから、貴尚が多少長く喋《しゃべ》っていても、他の女性客が嫉妬をして気を悪くしたりする可能性が低いから、とも考えられる。

どれほど女王様な演技をしたところで、地味な自分を消せない真咲は、確信がない以上は決して自惚れない。

自惚れないというよりは、マイナス評価をすることが多い。そうしておく方が、後で悪いことが起きた時でも精神的に楽だからだ。

貴尚は女性客の相手をしばらくした後、軽く真咲に視線をやってからカウンターを出て、テーブル席のグループ客の方へと向かった。

時折、真咲も見かける男ばかりのグループで、楽しげに飲んでいることが多い。

店には、貴尚目当ての女性客も多いが、純粋にここの雰囲気や提供されるカクテルが好きで通っている客もかなりいる。彼らはそういう客で、貴尚は新しいレシピの話などをしたり楽しげだ。

そうやって貴尚がいない時でも、真咲は他のバーテンと話したりすることはない。

簡単に話しかけてこられないような雰囲気を纏《まと》い、一人で飲んでいるのが常だ。

そんな、人を拒絶する気配は高校時代に会得したものだ。

地味子を脱却してからの真咲は、かなりモテた。

碧が築いた記録枚数には及ばなかったものの、写真部が販売する写真売り上げで中三の春にトップに登りつめると、高校卒業まで首位を譲ることは一度もなかった。

それだけ人気があると、一人でいても周囲に生徒が群がってくることも多く、ある程度は相手をするが、元が地味子なために、いつも人に囲まれていると疲れる。

一人でいたい時に出すオーラ的な物を纏う術を、真咲はいつの間にか身に着けていたのだ。

その様子がかえって「近づきがたい存在」などという高嶺の花的な変換をされることになってもいた。

今もそうで、真咲はカウンターに軽く頬杖をついて目を閉じ、流れているBGMに耳を傾けた。

店ではジャズがかかっていることが多いが、時々シャンソンだったり、ポップスだったりすることもある。

客層に合わせて変えているようだが、今日はジャズらしい。

曲名は分からないが、興味のない真咲が聞いたことのあるメロディーだから、かなり有名な曲だということだけは分かった。

——確か何かのドラマか映画で使われてた……。

真咲が不確かな記憶をたどりかけた時、

「最近、よく見るね」

一人の男がそう言いながら真咲の隣に腰を下ろした。

真咲は目を開け、男にちらりと視線を投げた。二十代半ばから少し上くらいで、見た目は決して悪くない。仕立てのよさそうなスーツを着ていて、遊ぶ金には不自由しない、というタイプだが、自分で稼いだ金というよりも親の金で、という人種だろう。

——酒クサ……。

隣に腰を下ろされただけで漂ってくるアルコール臭と、充血した目からかなり酔っているのが分かる。

真咲は一瞥しただけで品定めを終えると、興味がない、という意思表示をかねて、僅かに男の方に向けていた顔を元に戻し、再び目を閉じる。

「おいおい、無視かよ？」

男が顔を近づけてくる。真咲は面倒くさそうに目を開ける。

「初めて声をかけてくるのが、泥酔状態って凄く不快。せめて素面《しらふ》の時にしてくれない？」

呆れ口調で言った真咲に、男は笑った。

「美人さんは手厳しいねぇ。お近づきのしるしに、一杯奢らせてよ。何飲みたい？　おい、彼に何かカクテル…」

「結構」

横柄な態度でカウンターの中のバーテンを呼びつける男の言葉を、真咲は遮《さえぎ》った。

拒絶され慣れていないらしい男は、真咲の態度に苛立《いらだ》ちを見せた。

「何、その態度。奢ってやるってんだろ？」

「これ以上飲めないし、喋りたい気分でもないんだ、悪いね」

ため息をついて言った真咲に、

「何だと？　てめぇ、お高く止まりやがって！」

男は突然キレて、摑みかかって来た。店内の視線が一度に二人へと向けられる。

真咲は咄嗟《とっさ》に上体を反らして躱《かわ》したが、そのことにさらに逆上した男はスツールから腰を上げ、

「何避けてんだよ、てめぇ！」

殴りかかろうとしてきた。真咲は一発は食らうことを覚悟したが、振り上げられたその手が振り下ろされることはなかった。

「痛っ、い……っ」

苦痛に顔を歪《ゆが》める男に、

「お客様、店の中で騒ぎを起こされては困ります」

静かな声で言ったのは、貴尚だった。貴尚は男の後ろに立ち、振り上げられた手をひねり上げていた。

「てめ……放…せ……っ…痛っ」

「前回、次はないと警告させていただいたはずです」

貴尚は男の手を後ろ手に摑みあげたまま、もう片方の手でスーツの襟足を摑んでドアの方へと男を連れていく。

ウェイターが何かに気づいたように、男が最初に座していたテーブル席に残されていたカバンを取ると、それを持ってドアへと急ぎ、開ける。

貴尚は開けられたドアから男とともに出ていき、ウェイターもその後を追って店外に出た。

店内には落ち着かない空気が漂っていたが、二、三分がした頃、ドアが開き、貴尚とウェイターが戻って来た。

二人とも何事もなかった様子で、ウェイターは定位置のカウンター脇に戻り、貴尚は他の客にお騒がせをして、と謝罪をしてから真咲の元へとやって来た。

「怪我はないか?」

「うん、大丈夫」

真咲の言葉だけではなく、自分の目でも怪我がないのを確認してから、貴尚はカウンターに戻った。

真咲は失敗した、と胸のうちでため息をつく。

――うまくあしらったつもりだったんだけどな……。

これまでにも似たようなことは何度もあった。

向こうに恥をかかせず、かといって相手もしないということを伝える有効なパターンのやり取りの一つだった。

まさか急に手を出してくるとは思わず、結果、騒ぎになってしまった。

――よりによって、先輩の店で…。

自己嫌悪に陥っていた真咲の前に、新しいペーパーコースターが置かれ、そこに貴尚は新しいカクテルを置いた。

「騒ぎに巻き込んで悪かったな。サービスだ。ノンアルコールだから」

貴尚の言葉に、悪いのは自分だと謝りかけたが、貴尚はカクテルを置くと真咲の返事も待たずに別の客の前に立った。

その様子に、謝ることも拒絶されたのかなと、本来の真咲らしいマイナス思考大回転が始まりかける。

だが、視線を下げて目に入った新しいコースターには何か走り書きがされていた。

――閉店まで待っててくれ――

メッセージを読みとり、顔を上げると貴尚が真咲を見ていた。真咲はカクテルグラスを手に取

ると、

「遠慮なく」

軽く目の高さに掲げて頷いた。それで伝わったらしく、貴尚は視線をゆっくりと前の客へと戻した。

真咲はカクテルを口にしながら、貴尚が何を思っているのか考え始めた。

閉店まで待っていろということは、他人に聞かれたくない話があるということだと考えるのが妥当だ。

——もう来るな、とかそういうことかな。

何しろ、騒ぎのあった直後だ。マイナス思考大回転が継続している真咲にはそれしか思い浮かばず、閉店までの時間、真咲の脳内では嵐が吹き荒れていた。


ラストオーダーの時刻を過ぎると、バイトのバーテンとウェイターたちは順に帰って行き、店には貴尚目当ての常連客と真咲だけになった。

閉店時刻が迫り、貴尚が彼女たちに帰るように促し始めたのを見て、真咲は席を立つとトイレに入った。

真咲がいると「どうしてあの子には帰れって言わないのよ」などと火の粉を飛ばされる可能性

があるからだ。

トイレで幾らか時間を潰し、閉店時刻を回ったのを時計で確認してからフロアに出てくると、店内には客の姿はなかった。

貴尚はカウンターの中にいて、使ったグラスを洗っているところだった。

「もう、みんな帰ったんだ？」

真咲は言いながらカウンターの定位置に腰を下ろす。

「ああ、ついさっき」

「帰りたくなーいって、駄々をこねる客がいてもおかしくなさそうなのに」

閉店まで残っていた客たちは、常連の中でも隠すことなく貴尚に秋波を送っている者たちばかりだ。そんな彼女たちが、閉店時間ですんなり帰るというのが不思議な感じがした。

「最初の頃は、一時間以上粘られたよ。でも風営法に引っかかると迷惑だって言ってからはちゃんと閉店時刻に帰ってくれる」

洗い終えたグラスを水切りかごに伏せた貴尚は、ゆっくりと真咲の前へと歩みよった。

「今日は、悪かったな。おまえに嫌な思いをさせた」

謝った貴尚に、真咲は軽く肩を竦める。

「別に。こっちも怒らせるつもりはなかったんだけど」

「酔うとタチの悪いタイプの客なんだ。前にも、二度騒ぎを起こしてる。次に騒ぎを起こしたら出入り禁止にするってことで来店は許可してたんだが……」

それに真咲は、そう、とだけ返した。口調と態度だけを見れば「それが何？」くらいにしか思っていないように見えるだろうが、本当は自分が暴れて迷惑をかけたくらいの勢いで落ち込んでいた。

「まあ、真咲は危ないタイプだからな」

貴尚が付け足すように言った言葉に、真咲は少し眉を寄せた。

「危ないって、何が？」

「否応なく人目を引くタイプだろ。店に入って来た瞬間に空気が変わる。カウンターの端で静かに飲んでる客に注目が集まることなんか、滅多にないっていうのに……。だから、ああいう輩《やから》が引き寄せられるんだろうな」

貴尚の言葉には、正直、身に覚えがありすぎた。

碧の偽装が身に付き始めた頃から、告白される回数は増えたし、襲われることも結構あった。その都度躱して事なきを得ていたが、頻繁に起きるようになってからは、忠明がいつもそばにいて牽制してくれるようになった。

生徒会に所属したのも、それが理由だったりする。

「もっとも、酒が入ってなければ声をかけるのもためらうような雰囲気はあるけどな」

貴尚のその言葉に真咲は余裕ぶった笑みを浮かべ、

「じゃあ、もう来ない方がいい？」

そう聞いた。だが、内心では『もう来るな』と言われたらどうしよう、と冷や冷やしながら貴尚の返事を待つ。

貴尚は苦笑すると、

「それは、俺が困る」

短く言った後、やや間を置いてから続けた。

「もし真咲に抵抗がなければ、俺とつきあわないか？」

その瞬間、真咲の脳内で真夏の花火大会のように、大玉花火が連続して打ち上がった。

「……え？」

願望として、貴尚とそういう関係になりたいな、とか、なれたらいいな、とか思ったことは何度もある。というか、ここに通ってきていた最大の目標はあわよくば、そうなれたら、というものだった。

だが、本当にその言葉を聞けると思ってはいなかった。

何しろ相手はあの完全無欠の生徒会長様で、そして——。

「真顔で聞き返されると結構つらいんだけど、まんまリピートする？」

少し困ったような顔で言う貴尚に、真咲は小さく頭を振った。

「ううん、何を言われたかは分かってる。けど、貴尚さん恋人とかいるんじゃないの？」

碧とはどうなっているのか、それを聞かずにはいられなかった。

「いない。今は一人だ。おまえは？」

「いたら、いっつも一人でここに来ないと思わない？　それで、今はってことは、前はいた？」

「ああ、店を始める前にはな」

そう答える貴尚の様子は淡々としていて、何かの感情を読みとることはできなかった。

――碧さんのことなのかな……。

今は一人、だというのなら、碧とはすでにつきあっていないということだ。それだけで納得すればいいのだが、確認したくて真咲は問い重ねた。

「お店始めて三年、だっけ？　そんなに長いインターバルを置かなきゃならないような相手だったんだ？」

「どういう意味だ？」

「貴尚さん、モテるでしょ？　お客さんとか凄いじゃん。なのにそれに見向きもしないってことは、前の人の影響力がかなり凄いんだと思って」

真咲の言葉に貴尚は苦い顔をした。

「学生の頃からだったから、結構な」

その答えで、碧だと確信が持てた。

――あんなにお似合いのカップルだったのに。

別れたと聞いて、碧がいれば、自分になど貴尚は見向きもしなかっただろうと思うのに、真咲はなぜか複雑な気持ちになった。

「でも、それで今まで時間を空けてたわけじゃない。店が軌道に乗るまではさすがにそんな余裕もなかったし、その間に客とややこしいことになると根深い問題になるっていうのも分かったからな」

「痛い目を見たんだ？」

「休日にたまたま客の一人と映画館でばったり会って、一緒に映画を見た後飯を食った。それが他の客に知れて、女同士で店で乱闘騒ぎだ。止めに入ったウェイターは殴られて失神するし、俺も引っかかれるしで大変だったからな」

心底こりごりだ、という様子で言う貴尚に、真咲は笑った。

「とんだ修羅場だ。お疲れ」

「だから、客に誘われても受けないと決めてた」

「僕も客だと思うんだけど？」

話すうちに、頭の中で次々に上がっていた動揺の打ち上げ花火は止まり、真咲はいつものとらえどころのない調子で貴尚に返した。

「確かにな。でも、真咲なら不要な嫉妬をしないつきあい方ができるだろ？」

つまり、プライベートと仕事を分けて考えろということだろう。真咲は少し間を置いてから、

「まあね、そこまで子供じゃないし」

そう返事をした後、ゆっくりと続けた。

「でも、ちゃんとした返事は、時間が欲しいな」

それに貴尚は頷く。

「もちろん」

「で、僕を閉店まで残してしたかった話っていうのはそれで終わり？」

「ああ」

「じゃあ、帰るね」

そう言って真咲が立ち上がろうとするのを、貴尚は止めた。

「待てよ、もう終電無理だろ」

それに真咲は時計を見る。今から全力疾走して間に合うかどうか、という時刻になっていた。

「送るよ、車だから。ちょっと待ってて」

貴尚はバックヤードに下がり、ほどなくしてカバンとコートを手に戻って来る。その貴尚と一緒に真咲は店を出た。

貴尚の車は、店から少し離れた駐車場に駐めてあった。

四つの輪が並んだマークは、車にあまり詳しくない真咲でも分かる外車のアウディだ。

「どうぞ」

貴尚は助手席のドアを開け、真咲をエスコートする。それを当然だという態度で受け入れ、真咲は助手席に腰を下ろした。

――外車って初めて乗る……。

シートベルトを締めながら、真咲はドキドキする心臓を必死で宥《なだ》める。

貴尚はすぐに運転席に座ると、カーナビを操作し始めた。

「住所教えて、ナビさせるから」

その言葉に住所を告げると、ほどなくしてカーナビがルートを示し始めた。それを見てから貴尚は車を出す。

静かな車内で、最初に口を開いたのは真咲だった。

「貴尚さんって、お金持ちなんだ。外車に乗ってるし、バーのオーナーだし」

貴尚の父親が銀行の頭取だという話は青陵時代に聞いたことがあった。

青陵にはいわゆる良家の出身者も多く、御曹司といわれる類《たぐい》の生徒は珍しくなかった。

「嫌味のように聞こえるかもしれないけど、確かに金に困ったことはないな。もっとも金を持ってるのは俺じゃなくて、親だが」

貴尚は変に隠すことなくそう言った後、続けた。

「店はもともと祖父がやっていたんだ。俺が大学に通ってる時に亡くなって、遺言書には俺に譲るって書いてあった。それで、大学を卒業してから閉めてた店を再開した。名前も、そのままで」

「じゃあ、貴尚さんがつけたわけじゃないんだ、店の名前。最初鈴屋さんかと思った。商売として成り立つかどうか別として」

真咲の言葉に、貴尚は笑う。

「各種の鈴を取り扱ってます、的な？　鈴っていうのは祖母の名前だ。俺が小学生の時に亡くなってる。祖父は今で言う早期定年みたいな形で勤めをやめて、あの店を始めた。最初は祖母と二人で。祖母が亡くなってからは人を雇ってたけど、人任せにすることなく毎晩店に立ってたな。二十歳になったらあの店で、祖父とロックを飲むのが夢だった」

「叶ったの？　その夢」

祖父は貴尚が大学の時に亡くなったとさっき言っていた。微妙なラインかもしれないと思いながら聞いた真咲に、貴尚は頷いた。

「ああ、ギリギリな」

それに真咲はほっとする。

「よかった……」

そう言った真咲に、貴尚は軽く視線を向け、すぐに前へと戻す。

「真咲の家族はうるさく言わないのか？　しょっちゅう酒を飲んで帰って来ても」

「ていうか、家族いないから」

「いない？　一人暮らしなのか？」

真咲の返事に、貴尚は怪訝《けげん》な表情を見せながら問い重ねる。

「父親の海外赴任に母親とかついて行ってるから」

短く説明する。

とはいえ、父親の海外赴任が決まったのは、真咲が小学校六年の時だった。男なら強くあれ、と大人しい真咲を何かと鍛《きた》えようとする父親とそりが合わず、真咲はとにかく早く父親から離れたくて仕方がなかった。

穏便に父親から離れられる方法として思いついたのが、全寮制の青陵への進学で、そのために努力を積み重ね、模擬テストでは常に合格圏内の成績を残してきた。

そんな中、突然出たのが海外赴任の話だった。母親と弟はすんなりとついて行くことに決まったが、真咲は一人頑《かたく》なに反抗した。

——青陵に行くのが夢で、そのために頑張って来たのに！——

という表向きの言い分を全面に押し出し、さらに全寮制の青陵なら、真咲が一人で日本に残ることになっても生活面の心配はないから、と説得し、結果父親が折れた。

そして無事合格した真咲は青陵の生徒になり、貴尚と出会ったのだ。

——父親とうまくいってたら、僕、先輩と出会ってないんだな。

そう考えると、今さらながら物凄く不思議な気がした。

「ちゃんと真面目に生活してるのか？」

からかうように貴尚は言う。

「真面目にやってるよ。楽しく遊ぶためには、体が資本だからね」

などと返すが、真咲の生活は本当に真面目そのものだ。

寮で培《つちか》われた規則正しい生活が基本にあり、遊びに行く時以外は自炊で、大学の勉強もおろそかにしたことはない。

だが、そういう素の部分を押し隠して、誰の前でも碧の仮面を被るのが常だ。仮面を外すのは忠明の前くらいのものだ。

「ほどほどにしとけよ？」

貴尚がそう言った時、カーナビが『間もなく、目標地点です』と告げる。

「この辺？　凄いとこに住んでるな、おまえ」

貴尚が周囲の建物を目にしながら言う。

「昔は小さいアパートとかあったみたいだけど、再開発でね」

高層マンションが立ち並び、区画整備がされなおされた町並みは機能的でありながら、人が生活している温かみのようなものはしっかりと残されていた。

真咲が住んでいるマンションは、両親がいずれ自分たちが戻ったら住むことになるから、と真咲の高校卒業に合わせて購入したファミリータイプで、二十四時間常駐の警備と管理人がいるセキュリティーが売りのものだ。

「はい、到着」

貴尚の車はマンション前の道路に静かに停められた。

「どうもありがと」

真咲は軽く礼を言いながらシートベルトを外す。そして、貴尚を見ると、

「いいよ、つきあっても」

礼を言ったのと同じくらい軽い口調で言葉を紡《つむ》ぐ。

それに貴尚は驚いた顔でじっと真咲を見た。真咲はほんの少し首を傾げて笑う。

「ちょっと時間欲しいって言ったじゃん？　だから、送ってもらう間に考えてた」

そんな真咲の様子に貴尚は苦笑すると、片方の手を真咲へと伸ばした。そして強引に抱き寄せると、そのまま口づける。

軽く触れた後、唇をゆっくりと舐められて、真咲の背筋をぞわりと寒気に似た何かが走り抜けた。

「おやすみのキスだ」

にやりと笑って言った貴尚に、

「余計に寝付けなくなりそうなんだけど」

真咲は唇の端だけで笑った後、お返しとばかりに貴尚に軽く口づける。

「おやすみ」

囁くような甘い声で言い、真咲は車を降りた。

そしてゆっくりとした足取りを心がけながらマンションのエントランスへと向かう。車が動く気配はなく、貴尚がどんな顔をしているのか振り返って見たかったが、我慢してエントランスへと入った。

エントランスにある認証機にＩＤカードをかざして暗証番号を打ち込むと、住人専用フロアの扉が開く。

そこに入った途端、真咲は両手で顔を覆い、へなへなと崩れ落ちるようにして座り込んだ。

──ちょっと、キスとか初めて……。

つい今しがたの出来事を思い返し、真咲はもはや貴尚と会った後には恒例となった動揺しまくり大会を脳内で開催し始める。

──ていうか、つきあうってホントに？

承諾したにもかかわらず、今になって怖気づく。

──ホントにホントに、先輩とつきあうの？

信じられなくて、この場でごろごろと寝っ転がって激しくローリングして叫びたいくらいだ。

そんな真咲に、

「あの…新堂さん？　大丈夫ですか？」

座り込んだまま立ち上がれなくなっている真咲の様子をモニターで見て不審に思った管理人が、フロアに出てきて声をかけた。

「へ？　え、あ、はい、ちょっと酔っ払っちゃって、足元ふらっとして」

笑ってごまかしながら、真咲は立ち上がる。

「部屋までお送りしましょうか？　何かあってはいけませんから」

管理人の申し出を、大丈夫です、と断って真咲はエレベーターに乗りこむと自分の部屋まで戻って来た。

住み慣れた部屋に戻って来たというのに、すべての物が違って見えるほどふわふわと夢見心地で、真咲は自室のベッドの上で枕を抱きしめながら、猫のようにゴロゴロと転がって駆け抜ける動揺を全身で表わす。

――初めてキスしちゃった。それも、先輩と！

遊び人を装っても、それはすべて演技でしかない真咲は、キスさえしたことがない晩熟だ。

初恋の人と、初めてのキス。

それはこの上なく幸せなことだが、本来の真咲の純情さと晩熟さが、今後大きな問題になることを、この時の真咲は全く気づいてはいなかった。

3

その夜、真咲が店に行くと、酷《ひど》い雨のせいか客はまばらだった。ほぼ毎晩やってくる貴尚目当ての常連客の姿もないほどで、店内にいたのは雨が酷くなる前に来たものの、帰るに帰れなくなり長居をしているという様子だ。

「土砂降りでぬれ鼠な姿はやっぱり見せられないってことかな」

雨が小降りになったのはラストオーダーの一時間ほど前で、それを待ちかねたように客たちは帰って行き、客は真咲だけになっていた。

この時間から大量の客が押し寄せてくることもないから、と貴尚はラストオーダーの前にバイトのバーテンとウェイターを帰らせ、店内には真咲と二人だけになっていた。

「化粧がはげるから？」

貴尚は言いながら表の看板の電気のスイッチを切ると、カウンターの中から出て、真咲の隣に腰を下ろした。まだ少し早いが、閉店にしてしまうつもりらしい。

「それはどうか分かんないけど、凄い吹き降りだったから、髪の毛とかは酷いことになりそうだし、服もね」

真咲にしても、ここに着いた時にはコートがびちゃびちゃだった。

「毎日こんなだと経営的にはキツいけど、たまにはいい。神経を使わなくて済むからな」

「あの子とは私よりも長く喋ってた！　みたいな嫉妬されるもんね」

真咲の言葉に貴尚はため息をついた。

「ストップウォッチで測ってるんじゃないかと思うくらいだな」

常連客の一人は、そういうことに物凄く敏感で、感情的に問い詰めるわけではないが、さらりとそういうことを口にする。

「おかげで、密会気分を味わえてるけど」

「おまえのそういう年齢の割にクールなところ、本当にいいと思うよ」

貴尚の言葉に、真咲は、そう？　という様子で少し目を細めて笑う。

碧の真似の中で、真咲が一番好きなのが、この笑い方だった。

挑発する様子でもなければ、嫌味を感じさせることもない、けれどゆったりとした余裕を感じさせる笑み。

碧はそんな顔で、憧れの眼差しで周囲に群がる下級生の相手をしていた。

貴尚はじっと真咲を見つめ、ゆっくりと真咲の頬に手を伸ばす。優しく頬に触れた手が首筋へと移り、顔が自然に近づけられて、真咲は目を閉じる。

つきあう、ということになったあの夜から、十日。

その間にキスはもう何度もした。

店に来るのは今までと変わらないペースだが、その代わり、貴尚の住んでいるマンションを訪ねるようになり、そこでだ。

貴尚のマンションは、真咲の通学沿線の途中下車で気軽に行けるところにある。そのことを教えられたのは、つきあい始めてから初めて店に顔を出した時だ。

つきあうことにしたというのに、あの夜はアドレスの交換もせずにいた。だから、真咲が店に顔を出すまで、連絡が取れなかったのだ。

そのことに真咲は翌日すぐに気づいたのだが、慌《あわ》てて店に行くと「らしくない」気がして、いつものペースを乱さないように、二日間を置いて、つきあっているという気配も感じさせないように気をつけて、気軽に店に顔を出した。

その時、貴尚はどこかほっとしたような顔をしたように見えた。そして、客が引けたところで、そういえば、連絡先何も聞いてなかったよねと切り出して、互いのアドレスを交換したのだ。

その流れで、貴尚のマンションの場所を教えられた。

初めて訪ねて行ったのは、その三日後。午後に取っていた二つの講義がどちらも休講になってしまって、時間ができた。

物凄く悩んで、もし碧ならどうするだろうと考えた。

きっと碧なら、まるで猫が気まぐれに人の庭先に姿を見せるように、行くだろう。

そう思って、それに倣《なら》うことにした。

突然行った真咲に貴尚は随分と驚きはしたが、嫌がりはしなかった。

その後二度、正確には一昨日と、昨日、大学の帰りに立ち寄って、貴尚が店に出る時間に一緒にマンションを出た。

それでもそのまま店まで一緒に、なんてことはせず、真咲は店には行かずに帰ったり、店に顔を出す時も、適当に時間を潰して——それこそ、一度家に帰って着替えたりして、いつもの時間に店に顔を出した。

それもこれも、貴尚とそういう関係になったということを他の客に悟られないようにするためだ。

男同士だから、そういう目で見られることは少ないかもしれないが、貴尚目当ての女性客の妙な鋭さは警戒するに越したことはないのだ。

「ん……っ」

繰り返されていた触れるだけの口づけが徐々に深くなり、ゆるく解けた唇の隙間から貴尚の舌が入りこんでくる。

柔らかく口腔を舐め回す舌先から逃げるようにして、真咲は自分の舌を奥へと引っ込めた。貴尚は誘い出すようにして真咲の舌にちょっかいを出してくる。

それに時々応えるようにしながらも、思うようには絶対にさせない。

貴尚に完全に主導権を持って行かれると、素の自分が出て、全部ばれてしまいそうで怖いからだ。

この時のキスもそうだったのだが、貴尚のもう片方の手が真咲の腰のあたりへと伸び、着ているカットソーの裾から中へと入りこんできた。

――え…。

まさかの事態に真咲の頭が一瞬真っ白になる。

その間に貴尚の手はゆっくりと素肌をたどり始めて、真咲は少し強めに貴尚の舌を噛み、唇を離す。

「ちょっと……」

少し眉を寄せ、貴尚を見る。答えながら、パニックを起こしつつある頭の中で、真咲は物凄い勢いで次の言葉を探す。だが、真咲が探し終えるより早く貴尚が聞いた。

「嫌か?」

答える貴尚は楽しげな笑みを浮かべながら、手の動きは止めようとしない。真咲はその手をパチン、と軽くはたいた。

もちろん、貴尚が何について「嫌か」と聞いたのかなどすぐに分かる。

セックスだ。

「ここで、このままっていうのはね」

――碧さんが言いそうなこと、あの人なら……。

「最初くらい、ちょっとはムード作ってくれない？　なし崩しって、萎えるんだけど」

うまい言葉だったかどうかは分からなかったが、貴尚は承諾したらしく、真咲の鼻の頭にわざと音を立ててキスをすると、手を引いた。

「はいはい、お姫様の言う通りに」

貴尚はそう言ってから、

「お姫様がその気になれるように準備しとくから、次の休みにっていうのはどうだ？」

どこか面白がってるような顔で聞く。

「よきにはからえ。でも、準備次第によっては、キャンセルいれるけど？」

真咲の返事に貴尚は真咲の頭を軽くかき混ぜるようにして撫でながら立ち上がった。

「雨が小降りのうちに帰ろう」

「それもそうだね」

真咲もそう言って立ちながら、胸のうちで一つ息を吐いた。

――なんとか時間稼ぎできた……。

遊び慣れた様子を装ってはいるが、キスさえついこの前までしたことがなかったのだ。その先の経験などあるはずもない。

実は初めてなんです、などと言ったところで信じてもらえそうにないし、何より、言えない。

――だって、先輩、僕が遊び慣れてるっぽいから声をかけてきたってとこもあるだろうし……。

それにつきあおうという話が出た時、貴尚は『真咲なら不要な嫉妬をしないつきあい方ができるだろ?』とそう言っていたし、今夜も似たようなことを言っていた。

いちいち目くじらを立てない、なんていうつきあい方は、それなりに場数を踏んでいないとできないと思う。

真咲にはそれができる、と貴尚は思っているから、つまりは恋愛遍歴があると思われているということだ。

それに、常連客との会話を聞いていても、重い恋愛は面倒でしたくないと思っているのが感じられる。

——初めて、なんて重い以外のナニモノでもないじゃん!

そう思うものの、どうすればいいのか真咲には皆目見当もつかない。

そしてこんなことは誰にでも相談できるようなことではない。

というか、相談できる相手は一人しかいなかった。

貴尚にマンションまで送ってもらって帰って来た真咲は、自室に入るなり携帯電話を取りだし、電話をしてもいいかとメールを送った。

送信してすぐに『OK』の短い二文字の返事が来て、真咲はいそいそと電話をした。一度目のコールが鳴りかけた途端に相手は電話に出た。

「こんな時間にごめん」

ベッドの上に正座をして、まず、真咲は謝る。

帰って来たのはいつもよりは早い時間だとは言え、もうすぐ十二時になろうとしているのだから、電話をするには非常識でしかない時間だ。

『別にいい。どうせろくでもない相談だろうけど』

「忠明、最近冷たくない？」

電話の相手は、やはり忠明だった。

忠明には貴尚とつきあうことになったとは報告してあった。もちろん、それに対する返事は『へぇ。よかったな』のみではあったのだが、忠明はもともとそういう淡泊な返信が多い。むしろ『へぇ』だけで終わらなかったことの方が驚きだった。

『冷たいって言われるほど、最近話もしてないだろ。で、何？』

声が笑っているから、怒っていないのだけは分かる。それにほっとしながら真咲は切り出した。

「あのさ、藤居先輩と、なんかそういうことになりそうっていうか……そのなんていうか、平たく言っちゃうと、エッチしちゃうかもってことなんだけど」

『すりゃいいじゃん』

忠明の返事は至極簡潔だった。が、

「できるなら、おまえに相談しないって」

真咲は若干キレ気味で言った後、

「初めての時ってやっぱ、痛いんだよな？」

恐る恐る聞いた。

『なんでそれを俺に聞くんだよ』

「おまえ経験あるだろ？」

忠明がモテたのは知っているし、長いつきあいになることは少なかったようだが交際相手も何人かいた。

『挿れられた経験はねぇよ』

「知ってるって。ていうか忠明がそっち側になるなんて思ってない。けど、初めて、を相手したことあるんだろ？　やっぱ痛そうだった？　ていうか、何回目くらいまで痛いんだろ？　先輩に初めてとか、ばれたらやばいんだよ。遊び慣れてるって思われてて、そこを見込まれてつきあうって感じになったたってとこもあるから。なんとかなんない？」

切羽詰まって質問を重ねる真咲に対する忠明の返事はといえば、

『なるわけねぇだろ。つか、知らねーよってレベルだぞ』

完全に呆れた、という様子の声でのその言葉だった。

「だって、マジでばれたらやばいんだってば！」

真咲は噛みつくように返す。そんな真咲に忠明は盛大なため息をついた。

『冷静に考えてみろ。そんなこと言ったたって、嘘のつきようがねぇだろ？』

その言葉に、真咲は「そりゃそうだけど……」とごにょごにょと呟《つぶや》く。

「でも、絶対にばれたくないんだもん……。ばれたら面倒くさいって思われて嫌われると思う」

初めてが痛くても、流血沙汰になっても、相手が貴尚なら別にいい。

ただその結果、嫌われるのだけは嫌だ。

そのまま沈黙してしまった真咲に、忠明はややしてから、

『俺にアドバイスできることがあるとすれば、キュウリでもナガナスでもバナナでも好きなのを使えってことくらいだ。でも、なんとなくだがゴーヤはやめとけ。じゃあな』

そう言うと、電話を切った。

「え…ちょ、忠明？　忠……切るなよぉ……」

ツーツーという回線切れの音に、真咲は眉を寄せる。

だが、かけなおす勇気はなかった。

これ以上しつこくすると、着信拒否をされそうだからだ。

「なんだよ、ナスとかゴーヤとか……イミフ……」

意味不明、と言いかけた真咲だが、一泊間を置いて意味を悟った。

「ちょっ！　無理っ！　無理っていうか、それ、いや、だって無理！」

あまりの恥ずかしさにベッドに倒れ込み、真咲はひとしきり身悶える。

——実用的すぎるアドバイスなんだってば!!

とはいうものの、多分、どうにもならない問題だということは薄々分かっていた。

しかし、そのどうにもならないことをどうにかしなければならないのだ。

そのどうにかするためのアドバイスが、忠明の言うアレなのだとは思うが、できればそれは最後の手段にしたい。

「なんとかしなきゃ…今日が火曜、お店が休みなのは日曜だから……」

まるっと四日あるとしても、できれば今夜のうちになんらかの別の手を考えておかないとまずいだろう。

真咲はのろのろとベッドから体を起こすと、勉強机に向かい、置いてあるノートパソコンを立ち上げた。

こういう時に情報が氾濫しているインターネットだ。

検索することさえ恥ずかしいキーワードを入力し、エンターキーを押すと、ややして様々な結果がピックアップされた。

その結果を前に真咲は深呼吸を繰り返してから、上から順番に見て回った。

◇◆◇

「ねえ、やっぱさっきのグラスの方がいいんじゃないかな」

問題の日曜、問屋街にあるグラスウェアを専門に扱う店で、棚に並べられたグラスに見入っている貴尚に声をかけた。

「店で使うには、高すぎる」

「でも綺麗じゃん。底のカットが繊細だし」

却下する貴尚に、真咲はそう言って食い下がったが、ダメだ、の一言でやはり却下された。

今日は、そういうことを致す…という予定の日なのだが、まずはデートから、とマンションまで迎えに来てくれた貴尚に連れてこられたのがここだった。

店に入れる新しいグラスを見たかったらしい。

『デートじゃないじゃん』

などと言ってみたりもしたが、マンションに直行じゃなくてよかったと、心の底では安堵をしていた。

もっとも、少し時間が延びただけの話なので、落ち着かないと言えば落ち着かないのだが、昨日の夜から緊張して吐き気と戦っていた真咲にとっては、先延ばしにされただけでもなんとなくほっとしたのだ。

熱心にグラスを見る貴尚を、少し離れた場所で見ながら、やっぱり格好いいなぁ、と真咲は内心でうっとりする。

普通のジーンズにシャツ、その上に薄手のコートを羽織っただけの、そのあたりを歩いている休日の同年代と変わらない姿だ。

それなのに、否応なく目を引く。

現に店に居合わせた客は必ず貴尚を二度見するし、窓際の陳列棚に並べられている商品を見ている時は、店内を気にしていた風でもなくただ通りがかっただけといった人たちまでが、かなりの高確率で貴尚に視線を向けていた。

そんな格好いい貴尚と、今自分がつきあっているのだと思うと、物凄く不思議な気持ちになる。

「真咲、どうかしたのか？　ボーっとして」

真咲の視線を感じたのか、貴尚は手に取って見入っていた商品から目を離した。まさかこちらを見ると思っていなかった真咲は、視線が合っただけでドキリとしたが、そんなことはおくびにもださず、さらりと言った。

「男前だな、と思って見てただけ」

その言葉に貴尚は首を傾げる。

「それは何のおねだりの前振りだ？」

まさかそんな風に返されると思っていなかったが、真咲はさらりと言った。

「喉が渇いたし、疲れてきたから、どっかで休憩したいってだけの、ささやかなおねだり」

「本当にささやかなおねだりだな」

貴尚はそう言うと軽く笑って、手にしていたグラスを棚に戻した。

「買わないの？」

「ああ。月末に新しい商品が入るらしいから、それと見比べてからにする。行こう」

貴尚は真咲の肩を軽く抱いて店を出た。

こんな風に、貴尚は気軽に触れてくる。

それはさほど意識する必要のない触れ方なのだが、相手が貴尚だというだけで物凄くドキドキした。

貴尚に連れられて入ったのは、少し奥まったところにある喫茶店だった。

貴尚はアメリカンを、真咲はケーキセットを注文した。

「ロイヤルミルクティーに、かぼちゃのモンブランをセットで」

それを聞いて貴尚は意外そうな顔を見せ、真咲はウェイトレスが下がってから聞いた。

「なんで、変な顔してんの？」

「変な顔って？」

そう聞き返してきたが、心当たりがあるような顔をしていた。

「そんなの頼むんだ、みたいな顔」

はっきりと指摘すると貴尚は苦笑いを見せた。

「ケーキが好きだと思わなかったから、意外な気がして」

「そう？　最近、甘いものが好きって奴も多いけど」

少なくとも珍しいという感じではないと思うし、大学の同級生の間は男女関係なくスイーツ情報が交換されている。

「そういうもんか？　ジェネレーションギャップを感じるな」

貴尚はそう言ってそこで話を終えたが、なんとなくそれだけではないような感じがした。もちろん、何の根拠もなくて、直感でしかなかったが。


喫茶店を出てすぐ、貴尚のマンションに向かった。

貴尚の後についてエレベーターホールを歩きながら、真咲は足が重いのを感じていた。

部屋に行けば、することは決まっている。

――するのがヤなわけじゃないけど……。

貴尚のことは本当に好きだ。

だが、これからすることを考えると、とんでもなく恥ずかしくて緊張する。

――あ、まずい。また胃がむかついてきた……。

緊張しすぎて、少し治まっていた吐き気がまたぶり返してくる。だが、エレベーターホールから一番離れた角部屋とはいえ、ゆっくり歩いても三十秒ほどだ。

「どうぞ」

部屋の扉を大きく開き、貴尚は真咲に先に入るよう促す。

「遠慮なく、お邪魔します」

おどけた口調を装って、真咲は貴尚より先に部屋に足を踏み入れたが緊張はどんどん高まっていく。

そのまま先に、リビングへと向かう。

貴尚のマンションは2LDKで、間取りも一人暮らしには充分だが、各部屋のサイズもかなり広く、ゆったりとしたスペースになっている。

――うちのマンション見た時に、凄いとこに住んでるとか何とか言ってたけど、家族住まい前提のうちと、一人暮らしでこの規模じゃ、先輩のが凄いに決まってるじゃん。

初めて貴尚の部屋に来た時に思ったのは、それだった。

真咲はリビングのソファーの自分の定位置に腰を下ろし、そこから見える窓の外の光景に目をやる。

このあたりはまだ昔ながらの一戸建てが多くある地域で、周囲には高い建物というのがさほどない。そのおかげで十一階の、角部屋の特権でもあるL字型に大きく作られた窓の外は、天気が良ければ遠くに海が見えた。

だが今日は曇っているし、仮に晴れていてもそれをのんびりと眺めるような心境でもない。

心臓はずっと落ち着かない様子で鼓動を刻んでいるのだが、何をどうすればいいのか全く分からない真咲は、とりあえず貴尚の出方を待つしかなかった。

「何か飲むか？」

不意に貴尚が聞いて、それに頷きかけたものの、真咲は頭を横に振る。

「さっき、喫茶店で飲んだところだから、いい」

「それもそうだな」

確かに事実なのだが、この状況で出されても緊張で飲む余裕もない。

『ここを出たら、マンションへ戻るけど、どこか寄りたいところあるか』

喫茶店でケーキを食べている最中に、貴尚はそう切り出した。

マンションへ行く＝エッチをする。

その図式が頭の中に浮かんで、その後はケーキの味がほとんどしなかったほどだ。

貴尚はカバンを机の上に置くと、ゆっくりと真咲の隣に腰を下ろした。

別に真咲の隣に貴尚が座るのはいつものことなのに、ドキドキしてたまらなくなる。

「じゃあ、とりあえず甘い言葉でも囁いて、真咲がそういう気になってくれるようにしようか？」

貴尚はからかうような口調で言った。

「……そうやって手のうちを先に見せる時点で、全然本気じゃないってことだと思うんだけど？」

「まさか。心をこめて愛の言葉を囁くつもりなのに」

そう言った顔が笑っていて、本気じゃないのが見て取れる。

「余計にムード壊れそうだから、いい」

真咲はそう言うと立ち上がった。

「シャワー、借りていい？」

貴尚を見下ろし、少し挑発するように口元だけで笑う。

それに貴尚は同じように口元だけで笑った。

「ああ。終わったら、寝室へおいで」

寝室、という言葉がやけに生々しく聞こえたが、真咲はただ頷いてバスルームへと向かった。

脱衣所の扉を閉めたところで、真咲はこっそり息を吐き、ジーンズのポケットから小さなチューブを取りだした。

可愛いピンクのパッケージのそれは、真咲が今日のために取り寄せた最終兵器である。

忠明に呆れられた後、ネットを徘徊して情報を必死で仕入れたが、真咲が望むような回答は得られなかった。

そこで、考え方を変えて「痛くなくするにはどうすればいいか」を調べてみた。最初に出て来たのは「ローションを使え」ということだった。

が、使えと言われても、使って、と貴尚に言うのは恥ずかしい。

次にたどりついたのが「慣らす」つまり、拡張で、忠明の言うキュウリやナスやバナナの出番に近いものだった。

——だから、それは無理！

と、思っていた真咲の目に飛び込んで来たのは、『処女でも淫婦のように！ 媚薬入りローションン通販・各種ラブアイテム取扱い』という、胡散臭《うさんくさ》いキャッチフレーズの広告だった。

だが『処女でも淫婦のように』という言葉はとてつもなく魅力的で、広告をクリックした先で、各種商品の説明という名の煽り文句を読みこみ真咲がたどりついた結論は、する前にシャワー借りて、その時に媚薬を仕込んでおけばなんとかなるんじゃないか？ という、ドーピング技だった。

どの程度効果のあるものなのか分からないので、とりあえず一番強力だと書かれていた物をと、買い求めたのが手元にある小さなチューブだった。

真咲は服を脱ぐと、そのチューブを持ってバスルームに入った。

そしてシャワーを浴びながら、とにかく体のいろんなところを洗い尽くした後で、チューブの中味を手に取りだそうとして、自分のミスに気付いた。

——どれくらいの量使えばいいのかは、外箱に書いてただけだ！

かさばるし邪魔になるから、と外箱は家に捨ててきてしまっていて、ついでにいえば使用量についてなども全く読んでいなかった。

だが、この手の物を使ったと貴尚に知られるわけにもいかないため、ばれない程度に使える量というのは限られている。

真咲は指先に少量取ると、意を決してそれを自分の中へと塗り込めた。

もう、それだけでも憤死しそうな勢いの恥ずかしさだったが、この後のすべてがこれにかかっていると言っても過言ではなく、真咲は何とかやり遂げた。

そして再び脱衣所に出て来た真咲は置いてあったバスタオルで体を拭うと、腰に巻いた。そして、チューブを見つからないようにジーンズのポケットにしまうと、他のシャツなども適当に畳んで持ち、寝室へと向かった。

寝室に入るのは初めてだ。ドアの前に立っただけで、足が竦《すく》んだ。だが、怖気づく気持ちを追いやってドアを開けると、貴尚がベッドに腰をかけていた。

「結構長かったな。焦《じ》らす作戦？」

笑いながらそう言って立ち上がると、歩み寄ってくる。

「どうとでも」

そんなに時間がかかったつもりはなかったが、媚薬を前に少しビビって、仕込むまで多少時間がかかったことは認める。

だが、焦らす、などというほど時間はかかっていないはずだ。

真咲はとりあえず手に持った服を適当にイスの背に掛けた。その真咲を、貴尚はそっと後ろから抱きしめる。

「髪が濡れたままじゃないか。風邪をひくぞ」

耳朶《じだ》に唇を触れさせたままで囁かれ、その声音の響きに真咲の腰にズキン、と痛みにも似た感覚が走った。

そして、それと同時に体の中で何か蠢《うごめ》くものがあった。

——嘘、もう効いて……。

そう思った時には、さっきよりも強い感覚が断続的に襲ってきて、真咲は慌てた。

「風邪をひかないように、すぐに温めてくれればいいんじゃない?」

そんなことを言って、貴尚を挑発する。

挑発しなければならないくらい、真咲の欲求は切羽詰まったものになりつつあった。

「それもそうだな」

貴尚はそう言うと、真咲の体をすぐそばにあるベッドへと誘った。

真咲がベッドに横たわると、すぐに腰に巻いたタオルが外される。

大好きな人に、すべてを晒す恥ずかしさに、真咲の体が震えた。

「寒いのか?」

その震えを、貴尚は寒さのせいだと思ってくれたらしい。真咲は小さく頷いた。

「少し、ね……。でも、すぐに温めてくれるんだよね?」

真咲は顔を覗《のぞ》き込んでいる貴尚の背に腕を回す。それに応えるように、貴尚は真咲に口づけた。深い口づけを施しながら、貴尚の手は真咲の体を撫でていく。脇腹から腰、そして太股まで一度下がった後、ゆっくりと撫であげてきて、胸へとたどりついた。

「あ…っ……」

全体を柔らかく揉んだ後、ささやかな尖りを指先で摘まみ上げられて、その刺激に、先に塗りこめた媚薬に蕩け出している体の中が過敏に反応した。

「ん……っ…あ…」

——どうしよう…中、疼いて……。

痒いような、けれどもそれとは違う感覚が中から湧き起って、そこに触れて欲しくて仕方がない。けれども、それをせがむなんて恥ずかしくてできない。これぱかりは、どれほど碧の仮面を被っても無理だ。

しかし、体の欲求は強くなるばかりで、閉じられていた真咲の膝が知らぬ間に割れ、貴尚を誘うように開かれた。

「誘うのが、随分とうまいな」

からかうように貴尚が言う。

何を言われたのか、真咲は一瞬分からなかったが、ようするに慣れているという意味なのだろうと理解した。

「協力的って、言って欲しいんだけど……？」

初めてのエッチに動揺しまくっている上に、薬のせいでいきなり切羽詰まっている状況にあって、そんな言い返しができたのは、奇跡的だと真咲は思う。

貴尚はふっと笑うと、胸をいたぶる手を下肢へと向けた。

触れてもらえる、と安堵するのと同時に、あんな場所に貴尚の指をと思うと恥ずかしさもこみ上げて来て、真咲の胸はその二つの相反する思いでいっぱいになった。

「あ…っ……」

しかし、貴尚の手が伸びたのは半ば勃ち上がりかけている真咲自身の方だった。

「可愛い反応してくれるじゃないか」

手の中に捕らえられただけの真咲はゆるく扱《しご》かれただけで硬さを増した。

何しろ、他人の手で触れられることさえ初めてで、しかもその相手がずっと憧れていた貴尚なのだ。真咲は、あっという間に先端から雫をこぼし始めた。

――やだ…先輩の手…汚しちゃう……。

そういうことをしようとしているのだから、起こりうる事態としては容易に想像がつく範囲内のことだった。

だが「初めてじゃないように見せる」ということに神経を使っていた真咲は、そんな基本的ともいえる状況にさえうろたえる。

何も考えられなくなりそうだった。

それでも、うろたえていることを悟られるわけにはいかなくて、必死で何とか平気な振りを取り繕うのだが、パニックを起こしかけている真咲にとっては難しすぎる作業の上、自身に絡みつく貴尚の手が真咲を煽りたてて、考える力を奪っていくからだ。

――どうしよう……。

何も考えられなくなって「初めて」だとばれそうなことを口走ったりしないだろうかと、怖くなる。

だが、そんなことを考えることさえ難しくなっていた。

貴尚の指先が、蜜をこぼす先端のくぼみへと伸び、強く擦りたててきたからだ。

「あぁ…っ……あ、あ」

自分でするときでも、先端にはあまり触れない。感じすぎて、つらいからだ。だが、貴尚は溢れる蜜を塗りつけるようにしながら、指を使う。

「イイ？」

「……いいに…決まってる……あ、だめ…強すぎ……あ、あっ」

先端をさらに強く擦られ、真咲の腰が跳ねた。

「だめ…っ…あ、だめ…もう……や、や…っ」

「だめになれよ」

貴尚は甘い声で告げると、もう片方の手も真咲自身へと添える。そして先端を強く擦りながら、もう片方の手で捕らえた幹の部分を強く扱きたてた。

「っ…あ、あ、あ……！」

強すぎる刺激は耐えられるものではなかった。真咲は濡れ切った声を上げ、貴尚の手に蜜を放つ。

「や…っ…あ、あ、あ……、あ！」

達している最中でさえ扱きたてる貴尚の手の動きは止まらなかった。

自身で擦りたて、出せば終わるだけの自慰しか知らない真咲にとって、それはこれまで経験がしたことがない絶頂だった。

「可愛い声……」

満足そうな貴尚の声に、真咲の体がブルリと震える。それと同時に、自身に残っていた最後の蜜がとろりと溢れて、ようやく貴尚の手が離れた。

真咲はようやく強い刺激から逃れることができて、目を閉じたが、体の中を駆け回る欲求は前で得た悦楽を受けて、最初よりももっと酷いことになっていた。

焦れた肉襞が刺激を与えてくれるものを欲しがってうずうずとしているのが分かる。

――やだ…どうしよう……。

すぐにでも触って欲しい。

けれど、手順が分からないし、それをこの状況でせがんでいいものかも分からない。

だが、真咲の願いは言葉にせずとも叶えられた。

貴尚は真咲の脚を大きく開かせると、真咲自身が放った蜜で濡れた指を一本、後ろへと押し当て、ゆっくりと中へもぐりこませてきた。

「――ぁ…」

バスルームで、自分の指で触れたところよりももっと深い場所へ、貴尚は簡単に入りこむ。その指を肉襞は放すまいとするかのように強く締め付けた。

「なんだ…この体……」

どこか苦い口調で貴尚が言う。

――何？　どういう意味？

まさか初めてだとばれたのだろうか？

それとも薬を使ったことがばれたのだろうか？

真咲がそう思った時、

「こんなに蕩けて…そのくせキツい……」

貴尚はそう続け、いきなり二本目の指を真咲の中へ突き入れた。

「や……っ…あ、あ」

「すぐにでも入れられそうだ…全く、大した体だな」

どこか嘲《あざけ》りを含んだような声だったが、それに気を取られる余裕は真咲にはなかった。中に入れられた二本の指が、無遠慮に動き出し肉襞をかき乱し始めたからだ。

「あぁ…っ…あ、だめ……っ…あ、あ」

触れられることを待ち望んでいた内壁は、貴尚の指に絡みつくようにして締め付け、刺激を得ようと躍起になる。

そんな自身の体の反応に、真咲はついていけなくなりそうだった。

「っ……あ…、あ……ぁ…っ…や、あ、あっ！」

「ココが好きなところか」

貴尚は真咲の反応が大きくなった、浅い場所の一点をことさら強く指の腹でなぞりあげた。

「だめ……っ…そこ、や…っ…あ」

「だめじゃなくて、いいんだろ？　前も、もうこんなにベトベトにして」

貴尚の手が、再び勃ち上がって蜜をこぼしている真咲自身をゆっくりとなぞりあげた。

「や……っ…」

真咲の腰が震え、ぴゅるっと蜜が飛ぶ。それに貴尚は意地の悪い笑みを浮かべた。

「これくらいでイってたら、この後、もたないぞ」

そう言うと、唐突に真咲の中から指を引き抜く。

体の中を探る指が消えて、感じていた圧迫感が消えたことに安堵する気持ちと、刺激を失って焦れる気持ちが真咲の中で相反する。

そんな真咲に、貴尚は穿いているジーンズの前を寛《くつろ》げると、見せつけるように熱を帯びている自身を取りだした。

「……ぁ…」

自分のそれとは全く違うものに、真咲の喉に声が張り付いたようになる。

貴尚は酷薄な笑みを浮かべて真咲を見ると、おもむろに真咲の両脚を抱え上げた。

「あ……っ」

そして、刺激を欲しがるように、淫らな開閉を繰り返している蕾《つぼみ》へと自身の先端を押し当てる。

――先輩の……。

押し当てられた熱に、さっき目にした貴尚自身が目の裏にまざまざとよみがえる。

――無理…あんなの、無理……っ!

指とは全然違うのだ。入る、なんて到底思えなかった。

「…む……」

「入れるぞ」

無理、と言いかけた真咲の言葉は、傲慢《ごうまん》な響きを持った貴尚の声に消された。そして、その言葉が終わらないうちに、入口を大きくこじ開けて貴尚が真咲の中へ入りこんできた。

「……っ…あ、あ、だめ、無理…大き……あ、あ」

「無理じゃない…キツいけど、柔らかく飲み込んでいってる……」

その言葉通り、真咲の中へゆっくりと、だが確実に貴尚は侵入を果たしていく。

「ぁ……、あ…っ、あ」

最初は怯《おび》えたようにしていた肉襞も、入りこんでくる貴尚に再び淫らに蠢きはじめた。

「ホント、大した体だな……。ほら、これで全部だ」

貴尚は言いざま、一度強く腰を入れ、残りをすべて埋め込んだ。

「あっ」

「動くぞ…、おまえの体も、して欲しがってるだろ？」

そう言うと、貴尚は最初から大きな動きで真咲の中を穿《うが》った。

「や…っ……あ、あ、待って、あ、あ」

「待つ？　何のために……」

こんなに絡みつかせておいて、と真咲の耳元に吹きこんで、貴尚は腰の動きをどんどん強いものへと変えていく。

心はともかく、真咲の体は与えられる刺激に従順で、自ら腰をくねらせて、貴尚に応えていた。

「ぁっ…あ、あ……そこ、あ、だめ、それやだ……っ」

際まで引いた貴尚が、指先で暴きだしておいた真咲の弱い場所を、先端にひっかけるようにして小刻みに擦りたてる。

そうされると、たまらない刺激が体中をいっぱいにして、真咲はどうしようもなくなった。

目の前の貴尚に縋りついて、その動きを何とか止めようとしたのだが、強く縋りついたことで、貴尚と自分の体の間で自身を挟み込む形になってしまっていた。

それに気づいた貴尚が、擦りたてるようにして、体を動かした。

「や…っ…いく……また、出る…だめ、だめ……」

貴尚の纏っているシャツの硬いボタンが真咲自身の裏筋のあたりを強く刺激して、真咲は再び自身を弾けさせた。

「あぁっ、あ、ああっ」

絶頂に震える体を押さえつけながら、貴尚はさらに腰を使う。

螺旋《らせん》を描くようにして、肉襞全体を余すことなく擦りたてた。

「や……ぅ……、あ、あ…っ、いい…あ、あ」

「ずっと、達《い》ったままだな。ビクビクして……」

「ふ……っ…あ、あ、あ！」

容赦のない動きに真咲の背が大きく撓《しな》った。

体の中で暴れまわる貴尚は、真咲の愉悦を煽りたて、触れているすべての場所から新しい快楽が沸き起こるのだ。

「中、出すぞ……」

その貴尚の言葉の意味を、真咲は悟ることができなかった。

何？　と思った次の瞬間、貴尚が最奥まで入り込み、そこで熱を放った。

「あ……あ、あ、あ…」

「っ…きっつ……」

体の中が放たれた物で濡れていく感触は独特のものだった。ビクビクと震える貴尚自身をまざまざと感じて、真咲の体も小さく震えた。

「待って、あ、動きながら…出さないで……あ、あっ」

「おまえが、絞り取ってるんだろ……」

緩い抽挿を繰り返し、すべてを注ぎ込もうとする貴尚の動きは、甘い毒のようだった。そしてその甘い毒に侵されて、真咲の体が新たな熱を灯し始める。

「……また、キテるみたいだな」

肉襞の微妙な動きでそれを感じ取った貴尚は、甘く囁いた。

「……っ…」

「俺も、まだたりない……」

まるで麻薬のような声とともに、緩やかな抽挿が再開される。中に放たれたものがグチュグチュと淫らな音を響かせるのさえ、今の真咲には悦楽を深めるものでしかなかった。

嵐のようなひと時が過ぎ、真咲は貴尚の腕の中で訪れた安息にまどろんでいた。

貴尚の手が、優しく髪を撫でる。

——何回、くらいしたんだろ……。

自分の達した回数はもちろんのこと、貴尚が達した回数も覚えていない。途中からは完全に与えられる悦楽に溺れて、頭がおかしくなりそうだった。

不審がられた様子もなかったし、初めて、だとばれたりはしなかっただろうと思う。

真咲のその考えを裏付けるように、貴尚が呟くように言った。

「全く、可愛い顔して……どれだけの男を籠絡《ろうらく》してきたんだか」

慣れている様子に見えるようにと仕向けたのは自分だったのだが、貴尚に言葉にされると意外なほど胸が痛んだ。

過去に誰もいないのに、貴尚が初めてなのに、それを言うことはできないし、何となく自分の気持ちが疑われてるような気がした。

だが、傷ついている、なんて悟られるわけにもいかず、真咲はけだるげに目を開けると、

「過去を引っ張り出してくるような真似は、ルール違反だと思うけど？」

居丈高な口調で言い、貴尚の唇をふさぐようにして人差し指を押し当てた。貴尚は軽く唇を開くと押し当てられた真咲の指をそっと舐めて、言った。

「確かにルール違反だな」

「分かれば結構。で、違反の罰を受けて欲しいんだけど？」

真咲の言葉に貴尚は少し首を傾げる。

「罰？」

「ムチャされたおかげで、腰が抜けそうにだるくて動けないから、泊まってくれ。で、動けないから身の回りの世話も申しつける」

女王様口調で言った真咲の言葉に、貴尚は頷いた。

「仰《おお》せのままに、お姫様」

そう言って真咲の手を取ると恭《うやうや》しく手の甲に口づける。

それはまるで騎士のような様子で、真咲はときめいたりしたのだが、

――『お姫様』なんだ、やっぱり。

碧が同じことを言ったなら、絶対に「お姫様」ではなくて「女王様」と言っただろうと思う。

もちろん、碧にはかなわないと今でも思っているけれど、明確な差をつけられたような気がして、少しショックだった。

「真咲？　どうかしたのか？」

黙ってしまった真咲を不審に思ったのか、貴尚が問う。

「なんでもない。……ちょっと喉が渇いたかなって思っただけ」

その言葉に貴尚は体を起こした。

「ちょっと待ってろ、なんか持ってくる」

そう言うとベッドを抜け出し部屋を出ていく。

真咲は一人になったベッドで密かにため息をついた。

貴尚としたことに、後悔は全然ない。

媚薬を使ったせいで、かなりアレな状態だったがそれは自分が望んでしたことだし、遊び慣れていると思われていなければならないのだから、そういう意味ではあれでよかったと思う。

——でも、やっぱりちょっとはね……。

初めて、が、こんな形でよかったんだろうかと思ってしまう。

もちろん、すべて自分の責任なのだが。

「もう、済んだことグジグジ考えんな」

真咲は小さく呟いて、うっすらと目に浮かんだ涙を拭った。


自力で歩くことはもちろん、体を起こすことさえ大儀な真咲の世話を、貴尚は意外に思えるほどまめに見てくれた。

まめというよりも、甘やかすといった方が近いかもしれない。

事後の入浴には多少の下心は見えたが、貴尚のパジャマを借りて着替え、リビングのソファーに移った時は、ほんの少し体の向きを変えるだけのことでも、クッションの位置を変えて真咲が一番楽な姿勢になるまであれやこれやとやってくれた。

夕食に食べたいものはないかと聞かれてリクエストした物はすべて準備されたし、しかもそれをいちいち食べさせてくれるほどで、新婚か！　と突っ込みたくなるくらいだ。

普段の貴尚とは違うそんな様子が嬉しくて、沈みがちだった真咲の気持ちはすぐに上向いた。

ベタベタという言葉が丁度なくらいの過ごし方をして、夜はやはり二人で一つのベッドで眠ることになった。

「寒くないか？」

「うん、平気」

気遣って聞いてくれる貴尚に真咲も素直に答える。

あんまり貴尚が優しいから、ちょこちょこと女王様演技が抜けてしまうが、貴尚が気にした様子はなかった。

「じゃ、電気消すぞ。おやすみ」

貴尚は隣に横たわる真咲の額に優しく口づけると、手元のリモコンで照明を落とす。

――なんか、いろいろ夢みたい……。

こうして並んで寝ているという状況も、エッチをしたという事実も、すべてがまるで夢のようだ。

夢のようだと思うのと同時に、やっぱり貴尚のことが大好きだと思う。

——あの藤居先輩が、今隣にいるんだ……。

どれだけ憧れたか分からない人。

ミックスゾーンで時々見かける姿にドキドキして——でもたいてい近くに碧がいて、二人の並ぶ姿に太刀打ちできないという思いをその都度に思い知らされて。

けれど、今、貴尚の隣には自分がいる。

初めて出会ってから随分と時間はかかったが、あの頃夢見ていた以上の状況になっているのだ。

大好き。大好き。大好き。

もうその言葉しか出てこなくなる。

けれど、今はまだその言葉を口にすることはできない。

言葉にすると、重くなりそうな気がして怖い。それに重いつきあいを貴尚は望んでいない。だから、言えない。

真咲はふと寂しくなって、貴尚に触れようと手を伸ばしかけてやめた。

触れたら心が、暴走してしまう。

走り出そうとする心をなだめ、真咲はふと思った。

——これから先も、ずっと一緒にいられるのかな……。

そんなことを考えながら、真咲はゆっくりと訪れた眠りに身を任せた。

だが、二時間ほど眠った頃、真咲はトイレに行きたくなって目を覚ました。

眠る前にはかなり動けるようになっていた真咲は、貴尚を起こさないように気をつけながらトイレへと向かった。そして用を足して再びベッドに戻ろうとした時、貴尚が薄く目を開いた。

「……どうかしたのか、碧」

その言葉に、真咲はまるで心臓に氷でも当てられたような気持ちになった。

「……何も……」

真咲は短く言うと、大人しく布団の中に入る。貴尚はその言葉で納得したのか、そうか、とだけ言うとすぐにまた眠りについたらしく寝息が聞こえ始めたが、その傍《かたわ》らで真咲は全く眠ることができなくなっていた。

——どうかしたのか、碧——

寝ぼけていたのだろうということは、分かる。

しかし、もう別れて何年にもなるのに、理性のあやふやな時に呼ぶのはやはり碧の名前なのだ。

——当然じゃん、何年一緒にいたと思ってんだよ。

中等部から数えても大学卒業までの約十年、二人は同じ時間を過ごしてきたのだ。

そんな二人の時間にそう簡単に割って入れるわけなどないことは分かっている。

それでも、分かっていても、どうしようもなく胸が痛かった。

4

その日、真咲が貴尚のマンションに行くと、寝室にいた貴尚は少し急いだ様子で店に出る準備を整えていた。

「あれ、もう準備してるの？　まだ六時前なのに」

時計を見ながら問う真咲に、貴尚は眉を寄せた。

「隣の店の水道管が破裂したらしくて、うちの店の中まで水が流れてるかもしれないって連絡が入ったんだ。もしそうなら、開店前に片付けをしなきゃならないからな」

貴尚の店の周囲は古い建物が多く残る区域だ。経年劣化で水道管が破裂、などということがあっても決して珍しくない。

「そうなんだ。何もないといいね」

「ああ、そうだと助かる。あ、晩飯、悪いけど適当に済ませてくれ。宅配のメニューは電話台の下にあるし、冷蔵庫の中の物で済ますなら好きな物食っていいから」

貴尚は言いながらカバンを待って玄関へと向かう。

「分かった。気をつけて」

その後を追って見送りに出ながら、真咲は言う。

貴尚は靴を履くと、真咲を軽く抱き寄せて口づけた。

「じゃあな、行ってくる」

「行ってらっしゃい」

手を振る真咲にちょっと笑って、貴尚は出て行った。

ドアが閉まると、真咲はリビングへと向かう。

貴尚のマンションには、以前よりも頻繁に来るようになっていた。

しょっちゅう来るなら、持ってろ、と言って貴尚が合い鍵をくれたのは二週間ほど前だ。

玄関のオートロックもそれで抜けられるし、よほどの時以外はチェーンロックもかけられていないから、真咲は好きな時に貴尚の部屋に出入りできるようになっていた。

それは、貴尚のプライベートにどこまでも入りこんでいい、という許可をもらえたようで物凄く嬉しかった。

そんな今日は、お泊まりの日だ。お泊まりといっても、エッチをする日、というわけではなくて——そうなってしまうこともないわけではないが——ただ単純に、翌日の大学の講義が一コマ目からの時は貴尚のマンションの方が大学に近いので前日から泊まりに来るというだけだ。

一コマ目から授業があるのは週に二日で、翌日が休みの土曜も泊まりに来るから、何事もなければ週に三日は泊まっていることになる。

だが、ラブラブというような感じにはなることはない。

初めてエッチをした後は、物凄く甘やかしてくれた貴尚だが、次に会った時はそんなことがなかったようにいつも通りだった。

真咲自身も貴尚が碧を忘れていないことを充分すぎるくらい思い知ったこともあって、それまでと変わらず碧的な言動を続けている。

――それに、年齢の割にクールなところがいいって、前に言ってたし……。

それが貴尚の好みなのだろうから、そこから外れるつもりはなかった。

本当は甘えたい願望というか、普通の恋人同士みたいに、何気なくいちゃいちゃしたりしてみたり、無駄にべったりそばにいてみたりしたいと思うのだが、そんな気持ちはすべて封印した。

クリスマスもお正月も、本当は二人きりで食事だの、ちょっとラブっぽい感じで時間を過ごしてみたいだの思っていたが、クリスマスは店が書き入れ時だったたし、正月は真咲の方が日本にいなかった。

両親と弟が今住んでいるドイツに呼び寄せられたのだ。

家族で新年を迎えよう、と言われて。

五日に日本に戻って来た時には、完全に迎春モードは終わっていたたし、貴尚もしばらく会っていなかったのに、顔を見せても特に感慨はなかった様子で、真咲もいつも通りに過ごした。

貴尚の中での自分の存在の占める割合や重さが見えた気がして寂しかったが、自分の気持ちを出して嫌われたりするくらいなら、我慢する方がましだ。

そんなことを思いながら、しばらくリビングのソファーに座って買って来た雑誌を読んでいた。

だが、そのうちおなかが空腹を主張し始め、真咲はキッチンに向かった。

「好きな物食べていいって言ってたけど、何入ってるんだろ……」

泊まりに来る時、夕食の準備をしてくれるのは貴尚だ。真咲は頼まれれば手伝う、という程度のスタンスでしかないが、真咲とて一人暮らしをしているから、本当は食事作りは苦もなくこなすことができる。

ただ、それはキャラじゃないかなと思ってしないだけで。

貴尚の冷蔵庫の中は、意外なほどしっかりとした食材が入っていた。

「肉じゃが…シチュー……カレーはこの前食べたから目先を変えて、筑前煮って手もあるな」

いろいろな食材を目の前にうーん、と考え込む。しかし
「でも、待てよ、あんまり手作り感を出すと重いって思われるかな……」

ふと、そんな思いが脳裏をよぎっていった。

ベタベタしないつきあいを望んでいる様子の貴尚なら、重いと思うかもしれないというのはあり得る。

「……適当にチャーハンかなんかにしとこ。帰ってから食べるかどうか、分かんないし」

いつもなら食べて出かけるが今日は無理だったから、途中で何か買って食べて終わらせる可能性の方が高いし、食べていなくても帰ってくるのは十二時を過ぎるだろうから、それから重いも

のを食べるのはよくない。

「うん、チャーハン、チャーハン」

真咲は冷蔵庫の中から食材を取りだすと、いそいそと調理を始めた。


貴尚が戻って来たのは予想通り、十二時を少し過ぎた時間だった。

入浴も済ませ、パジャマ姿でリビングにいた真咲は、玄関のドアが開く音でそれに気づいていたが、出迎えには向かわずソファーに座ってテレビを見ています、というポーズで貴尚が入ってくるのを待つ。

本当は「お帰りなさい」と出迎えたいが、それは貴尚が望んでいるキャラではないだろう。

ほどなく貴尚がリビングのドアを開けた。

「ただいま」

「おかえり、お疲れ様」

いつものように言った後、

「お店、どうだった？　水浸しになっちゃってた？」

早く出かけなければならなかった原因となった一件の顚末《てんまつ》を問う。

「ああ、ちょっとな。でもバックヤードの方だし、店のフロアと違ってコンクリートだから、大した被害はない」

「よかったねって言っていいのかどうか分からないけど、不幸中の幸いってところかな」

真咲はそう言ってから、さりげなく、

「夕ご飯、どうしたの？　食べてないでこの時間までってことはないだろうけど」

そう聞いてみる。

「行く途中でコンビニ寄ってサンドイッチ買った。けど、なんかバタバタして、半分食べておいておいたら、バイトが腹減ったって言うからやった」

少し苦い表情で言うところを見ると、それなりに空腹なのだろう。

「チャーハンなら冷蔵庫に入ってるけど、食べるなら温めて」

そっけない口調で真咲は言う。

「晩飯、中華頼んだのか？」

真咲が作ったとは思わなかったらしい。その貴尚の言葉に、真咲は小さく息を吐いた。

「作ったの、僕が」

「作った？　おまえが？　本当に？」

目を丸くした貴尚は、ワンセンテンスずつにクエスチョンマークを付けたような物言いをした。

「あのさ、僕だって一人暮らししてるんだよ？　チャーハンくらい作れて当然だと思わないわけ？」

「作れるかどうかは別として、作ると思わなかったからな。ありがたくいただくよ」

貴尚はそう言うとキッチンへと向かった。

ややしてから、レンジで温めたチャーハンを持って貴尚は戻ってきて、真咲の隣に腰を下ろすと食べ始める。一口食べて、貴尚は驚いたような顔をした。

「うまい」

その一言に、真咲の顔が嬉しさでぱっと綻《ほころ》ぶ。だが、

「当たり前じゃん、誰が作ったと思ってるわけ？」

慌ててすぐに高飛車なセリフを口にした。

「素直じゃないな」

どうやら喜んでしまったのはやはりばれたらしく、貴尚は苦笑しながら言い、

「けど、おまえの料理の腕前がけっこうなもんだっていうのは、嬉しい誤算だな」

そう付け足した。

「どういう意味？」

「これからうまいもん、いろいろ食わせてもらえそうだと思って」

それに真咲は肩を竦めた。

「気が向いたらね。いつその気になるかは分かんないけど」

真咲はそう言うとソファーから立ち上がり、キッチンへと向かった。

――よかった、おいしいって！

貴尚の視界から外れてから、真咲は小さくガッツポーズを作った。

普段、自分の物を作る時は調味料は適当にしか入れず味見もしない。けれど、貴尚が食べるかも、と思うとそう言うわけにもいかなくて、何度も味見をした。

――気が向くの、今度いつにしようかな。その時は何を作ろうかな……。

そんなことを考えながら、真咲はインスタントコーヒーを入れ始めた。

自分の分と、それから貴尚の二人分だ。

貴尚はいつも食後にコーヒーを飲む。コーヒーだけを単独で飲む時は必ずコーヒーメーカーでドリップした物を飲むのだが、食後はなぜかいつもインスタントだ。

――アメリカンで、ミルクを少し……。

貴尚の好みは、覚えようとしなくても自然に覚えた。貴尚のことなら、何でも知っていたいと思うからだ。

真咲はコーヒーを入れたマグカップを手に、リビングへと戻る。貴尚はもう半分以上食べ終えていた。

「はい、コーヒー」

真咲がテーブルの上にコーヒーを置くと、貴尚は一瞬戸惑ったような顔を見せたような気がしたが、

「ありがとう」

その言葉とともに笑みに上書きされた。

「別に、自分のを入れるついでだから」

真咲はそう言いながら、貴尚の隣に腰を下ろす。

あっという間にチャーハンを食べ終えた貴尚は、コーヒーを口にした。

真咲は気にしていない振りをしながら、コーヒーやミルクの分量が多すぎたり少なすぎたりしなかっただろうかとドキドキする。

貴尚は一口飲むと、

「おまえ、よく俺の好み分かったな」

そう言って真咲の顔を見た。それに真咲の胸に安堵とともに喜びが溢れたが、

「何回も一緒にコーヒー飲んでれば分かるよ、それくらい」

あくまでもクールに返す。

でも、頭の中では幾つもの大玉花火が打ち上がるほど嬉しかった。

——ああ、忠明に報告したい！　先輩に褒められたって報告したい！

そう真咲が思った時、まさしくその忠明からのメール着信を告げる着メロが鳴った。

「何、こんな時間に……」

個人の携帯宛てとはいえ、深夜にメールを送ってくるようなことはこれまで忠明はしたことが

ない。

よほどのことがあったのだろうと、机の上に置いた携帯電話を取り、真咲はメールを確認した。

『大滝《おおたき》がバイクで事故った。今、見舞い行って帰って来たとこ。右手骨折。命に別状なし。頭は打ってないみたいだけど、念のため二日くらい入院』

事実のみ羅列のメールだったが、その内容に真咲は目を見開いた。大滝というのは青陵の同級生で、生徒会で書記をやっていた生徒だ。

真咲は急いで返信した。

『バイクで事故って、怪我は骨折だけ？　本人、元気？』

『飛び出してきた猫を避けてこけたって。怪我は骨折と擦過傷。元気だけど看護師さんが熟女すぎて萎えてた』

戻って来たメールからすると、話すことができる状態だったようで、真咲はほっとした。

『僕も、見舞い行くよ。どこの病院？』

『大滝から伝言：情けないとこ見せたくないから、見舞いに来るって言ってくれても、気持ちだけ受け取るって断って。だとさ。さすが真咲様信奉者』

どの程度本人が本気だったのかは分からないが、確かに大滝は真咲のファンだった。

同じ生徒会役員だったこともあって、他の生徒よりも一緒にいることが多かった。もちろん、忠明のように素の真咲を知っている、というところまでの親しさではなく――そんな相手は忠明以外にいないし——大滝自身、忠明を押しのけて、という感じでもなかった。

『じゃあ、怪我、治ったら快気祝いしたげるって言っといて』

真咲がそう打ち込んでいると、さっきから真咲がメールをやり取りする様子を見ていた貴尚が口を開いた。

「こんな時間に、誰？」

「中学からの友達」

答えながらも真咲の目は携帯から動かない。すると貴尚は真咲の体を強引に抱き寄せて来た。

「ちょっと……今メール打って…、ちょっ、手！」

抱き寄せた手がするりとパジャマの中へと入りこんで脇腹を撫でるのを、真咲は叩く。

「俺を放っておいたおまえが悪い」

「放っておいたって、十分もメールしてない……もう、ちょっと、だめ…だって……っ」

脇腹を撫でていた手が胸へと伸びて、乳首を摘まみ上げる。体を走った甘い刺激に真咲は声を詰まらせた。

「や…、だめ……」

「だめじゃなさそうな顔してる」

「何のために泊まりにきてるか、分かってる？」

真咲はなんとか打ちこんだ文章を送信すると携帯電話を手放し、いたずらを仕掛けてくる貴尚の手を押さえた。

「俺のそばにいたいから、だろ？」

ニヤリと笑って言う貴尚に、真咲の心臓が跳ねる。

――本心はそれだけどさ！

「明日の授業、一コマ目からなの！　朝早いの！　だからちょっとでも近いここに来てるんじゃん、遅刻しないように」

表向きの理由を告げるが、貴尚は止める気はないらしい。

「宿泊代だと思ってつきあえ」

「……もう…仕方ないんだから」

真咲はため息交じりに承諾しながらも、

「ここでするの、ナシだからね」

ベッドへ連れて行け、と条件を出す。

「かしこまりました、お姫様」

からかうように言った貴尚に抱きあげられて、真咲は寝室へと連れて行かれた。


「ん……っ…あ、あ」

体中を撫でまわす貴尚の手の動きに、真咲の唇から甘い声が上がる。

「相変わらず、いい声だな」

笑みを含んだ声で言いながら、貴尚は体の中に埋めた自身をゆっくりと回すようにして動かした。

「あぁっ……」

ねっとりとした濃い悦楽が体を走って、真咲はさらに甘い声を漏らした。

「そんなに締めるな……すぐに終わったら、真咲が物足りないだろう？」

耳に吐息を触れさせながら、貴尚は淫靡な声で言う。その声にも反応して、真咲は体を震わせた。

その様子に貴尚は薄く笑う。

体を重ねるのは、これで三度目だ。

二度目の時は、薬を使わなかったこともあって、最初の時よりも緊張した。それでも、初めての時に散々後ろで得る快感を覚えさせられてしまっていたからか、簡単に体は蕩けた。

その体を執拗に穿たれて、目が覚めた時にはバスルームで貴尚が風呂に入れてくれていた。

——洗い終わってたから、まだよかった……。

そうでなければ、恥ずかしくて死にそうな思いをしなければならないところだっただろう。

「真咲、どうした？」

一瞬、気が散ったのを貴尚は見逃さなかったらしく、問い掛けてくる。

「なんでもない」

「この状況で他のこと考えるとか、結構屈辱」

貴尚は言いざま、強い抽挿を始めた。

「あっ…あ、あ、そこ……あ」

乱暴に思えるような突き上げだが、真咲の体は悦楽だけを拾い上げる。

そんな自分の体が淫らに思えて仕方がなかったが、そんな真咲の様子を見下ろす貴尚の目はどこか優しく見えた。

「イイか……？」

問う声に、真咲は何度も頷いた。

「いい…凄く……い…、あっ、あ…だめ……」

貴尚は突き上げながら、先走りの蜜をトロトロとこぼす真咲自身を手に包み込む。それだけなのに、真咲の体は包み込む手の感触だけにも敏感に反応してしまう。

「ダメじゃないだろ？　こんなにトロトロにして……」

貴尚は手の中の真咲自身をゆっくりと扱き、抽挿のスピードもそれに合わせたものに変えた。

「や……っあ…あ、あ……っ」

一度強い刺激を与えられた体には、貴尚の愛撫はまるで焦らしているようにしか思えず、真咲は無意識に腰を揺らしていた。

「あぁっ…あ、あ」

「やらしい体だな…。中も、こんなに吸いつかせて」

貴尚は言いざま、一度強く突き上げる。その瞬間、貴尚の手の中で真咲が震え、白濁を飛ばす。

それはほんの少量で、達したわけではなかったが、漏れたそれが真咲の肌の上を色どり、貴尚はもう片方の指先ですくった。

そして、真咲の胸の尖りに塗りつけるようにして弄ぶ。

「や…っ…だめ……、くすぐったい……っ」

「くすぐったいだけか?」

貴尚が不思議そうに問う。何が不思議なのか分からなくて頷く真咲に、貴尚はふっと笑う。

「じゃあ、ここは俺が感じるように変えてやる」

そう言うと貴尚は指の腹で押しつぶすような愛撫を加え始めた。

「……っ…ふ…、…や…」

くすぐったさに身を竦ませると、体の中の貴尚を締め付けることになり、まざまざと己を貫いているものの形や硬さを感じてしまう。

そのきつさを楽しむように貴尚はゆるく腰を使って来て、擦られる肉襞から悦楽が沸き起こった。

「やだ…も……あっ、あ」

くすぐったさと悦楽とが体の中で混じって、真咲は混乱する。

その様子を貴尚は楽しげに見つめて、さらに真咲自身を扱く手の動きを速めた。

「あぁっ……や、だめ、出ちゃう……あ、あ」

「出したくない？　なら、止めてやるけど」

貴尚はそう言うと、扱くのをやめる代わりに真咲自身の根元を強く握りしめた。

「……っ！　あ……やだ…っ」

もう少しのところだったのを無理に堰《せ》き止めるようなことをされると思っていなかった真咲は、目を見開き、非難するように貴尚を見る。

「されたことない？　こういうこと」

「……ない、よ…。……手、放して…よ…」

貴尚は相変わらず胸をいたぶりながら、中を穿つ腰の動きも止めていない。そのせいで、くすぐったさと悦楽の入り混じった感覚は体を侵し続けて、真咲の体をどんどん追い詰めていた。

真咲自身も根元を縛《いまし》められてはいるものの、受ける快感に震えて熱を吐き出せるのを待っている。

しかし、真咲の返事を聞いた貴尚は、残酷な宣言をしたのだ。

「じゃあ、おまえの『初めて』を見せてもらおうかな」

「え……？」

「泣くまで、我慢…なんてさせられたことないだろ？」

そう言うと、真咲自身を握りこんだままで、いきなり強く腰を使い始めた。

「や……っ…あ、あ、やだ…や……っ！」

ぬるい抽挿に焦れていた体は、与えられた強い悦楽に急速に上り詰める。

「あぁっあ、ああ……っ」

だが、どれほど感じても解放を妨げられた体は頂点で留まることを強いられた。

「いや…それ、やだ、だめ、だめ……っ」

絶頂感を得ながらもさらに追い詰められ、真咲は逃げるようにシーツを蹴り、体を捩《よじ》る。だが自分がもがけばもがくだけ刺激が強くなり、自身を追い詰めることになった。

「そんなに暴れるなって」

貴尚は胸をいたぶっていた手を離し、真咲の腰を押さえつける。そして前立腺を狙い澄まして腰を使った。

「ひ…ぁ…あ、あ、やだ……や…っ、あ、あ！」

頭がおかしくなりそうな悦楽に、真咲は体をのたうたせる。

「もう…や……ぉ願…っ…、もう…」

真咲の目に涙が浮かんだと思うとあっという間にこぼれ落ちた。

「貴尚…さ……っ…おね…がい……」

哀願する真咲に、貴尚はこの上なく優しく笑み掛ける。

「いいよ…ほら、達って」

貴尚はそう言うと、中を穿つ動きはそのままで、縛める指を緩めた。そして促すように扱きあげる。

「あぁ…っ、あ、あ、ぁあああっ！」

透き通った悲鳴を上げ、真咲はようやく与えられた絶頂に蜜を放つ。焦らされた分だけ、迎えた絶頂は長かった。

「あ…ぁ……あ、あ……っ、あっ」

「俺も、一度出すぞ」

貴尚はそう宣言すると、真咲の中に溜めこんだ熱を放った。

「ふ……ぁ…っ、あ、つい……」

迸《ほとばし》る熱が熟れた肉を濡らしていく。その感触に真咲は体を震わせ、続けざまに絶頂を迎えた。

「きっつ……」

貴尚の苦鳴はどこか楽しげにも聞こえたが、真咲は自分の快感を追うので精いっぱいだった。

だが、その真咲の体の中で貴尚はまた熱を盛り返していく。

「……っ…また…中、で…」

非難するような真咲の声は、長い絶頂に疲れをにじませていた。

「おまえの中が気持ちいいから仕方がないだろ…。若いんだから、もう少しつきあえ」

そんな言葉に反論する余裕さえなく、真咲は貴尚が満足するまでつきあわされることになった。


散々我慢させられた上に、繰り返し貪《むさぼ》られて疲れきった真咲は、後始末を貴尚に任せたまま、うとうととまどろんでいた。

熱いタオルで体を丁寧に拭われていくと、心地がよくて鼻にかかった声がつい漏れた。

「碧、シテる時よりいい声出してんじゃないか？」

からかうような口調の貴尚の言葉に、真咲ははっと目を開いた。

だが、貴尚は丁度タオルを換えているところで、真咲が目を覚ましたことに気づいておらず、真咲は再び目を閉じる。

――今、碧って……。

二度目だ、と思った。それも、二度とも事後。

あれ以来なかったから油断していた分、深く胸に刺さった。

貴尚は真咲の体を拭き終えると、自身がシャワーを使うために寝室を出て行き、真咲はベッドの上で目を開いた。

——どうしよう…、聞いた方がいいのかな。それとも、聞かなかった振り？

どうすればいいのか分からない。

碧が誰かなんて、聞かなくても分かっているし、聞いて貴尚を怒らせることになったら怖い。

けれど、聞かなかったらずっと胸の中でモヤモヤとしたものを抱えていかなければならないだろう。

そんな状況で、笑えるほど、器用じゃない。

——今、つきあってるの、僕なんだし……。

だから聞く権利はある、と自分に言ってみるが、本来の波風を立たせたくない性格が『別にいいんじゃない？』と逃げ腰な意見を出してくる。

——ホントにどうしよ……。

そう思った時、シャワーを終えた貴尚が戻って来た。

真咲は慌てて目を閉じ、どうするかさらに悩む。その間に貴尚はスウェットに着替え、部屋の照明を消してベッドにもぐりこんで来た。

——聞くなら、今しかない……。

貴尚が完全に寝る位置を整えた時、真咲は目を閉じたまま、言った。

「碧って、誰？」

「え？」

まさか起きているとは思わなかったのと、碧の名前を出されたことでかなり驚いたらしいのは、その声だけで分かった。

「真咲？」

顔を覗き込む気配に、真咲はゆっくりと目を開けた。

「さっき、僕の名前、間違えてたよ。ついでに言えば初めてじゃない。前にも、僕のこと間違えて碧って呼んだことある」

暗い部屋の中でも、貴尚が動揺しているのは簡単に見てとれた。

「元カノ？　っていうか、元カレ？」

畳みかけるように、けれど追い詰める風ではなく、問う。それに観念したのか、貴尚は頷いた。

「ああ、前につきあってた奴」

「高校時代からって人？」

「そう」

貴尚の返事は限りなく短い。だが、真咲は問い続けた。

「どんな人？」

「どんなって……」

言いあぐねる様子の貴尚に、真咲は続けた。

「僕と間違えるってことは、似てるわけ？」

そこまで突っ込まれると答えずにいられなくなったらしい。

「ああ、ちょっと似てる」

「だから、僕のこと好きなわけ？」

「正直、きっかけは、そう。最初はそれで気になった」

想定内の返事だったのに、貴尚に言葉にされると、胸に刺さったとげが、さらに奥深くまで進んだ気がした。

貴尚はそれ以上言いたくなさそうだったが、真咲はさらに突っ込んで聞いた。

「なんで、別れたの？　……貴尚さんが振られた、とか？」

「ルール違反じゃないのか？　昔のことを聞くのは」

以前、真咲が言った言葉を持ちだしてきたが、

「元カレと間違う方がよっぽどルール違反だと思うけど？」

そうもっともな指摘をされては、反論できない様子だ。

それに、真咲の口調からも怒っているわけではないのが分かったらしく、貴尚は息を吐いてから言った。

「大学を卒業した後、急にアメリカに行くって言いだした。俺は止めて、けど、止めて聞くような奴でもなかったから、結局ケンカになってそれっきりって感じ。…まあ、俺が振られたって形で正解だと思う」

貴尚の言葉に、真咲はどう返していいのか分からなかった。黙っていると、貴尚が少し笑って真咲を見た。

「お姫様、これで納得していただけましたか？」

おどけているが、それ以上は聞くなということだろうし、真咲自身これ以上聞きたいこともなかった。だが、布団の中からそっと手を出すと、真咲は貴尚の頬を抓《つね》った。

「今度間違えたら、その時は、その場で殴るからね？」

「分かった。……悪かったな」

貴尚は頬に伸びたままの真咲の手を取ると、優しく口づける。

「おやすみ」

「……おやすみ」

真咲がそう返した後も、貴尚は真咲の手を握ったまま、じっと顔を見つめていた。真咲はどうしていいか分からなくて、とりあえず目を閉じた。

——碧さんみたいになりたくて、真似してきたんだから、似てるの当たり前じゃん……。

碧に似たら、好きになってもらえるかもしれない。そう思って必死で真似たのだ。それがその通りになっただけのことなのに、本人の口からそう聞いて、こんなに胸が痛むなんて思わなかった。

——全部納得ずくだったはずだろ……。

ずきずきと痛む胸を宥めるように、そんな言葉を胸のうちで呟いてみても、少しも痛みは治まろうとしなかった。

なぜなら、あらためて気づいてしまったからだ。

貴尚が好きなのは、自分じゃなくて、碧なのだと。

◇◆◇

「それで、結局、先輩が見てんのは僕じゃないんだなーって、あらためて思ったら、なんか凄いつらくて」

数日後、真咲は例によって忠明に電話をかけ、愚痴っていた。

『じゃあ、会うのやめれば？　会っててもつらいんならさ』

忠明から返ってきたのは、そんな言葉だった。

「やだ。先輩のそばにいたいもん」

真咲は駄々っ子のように言いながら、自室のベッドの上に寝転がった。

『じゃあ、しょうがねぇじゃん。でもさ、先輩だっておまえが碧さんじゃないってことくらい分かってつきあってんだから、これからちょっとずつ地のおまえを出してって、碧さん的な部分を消してけばいいじゃん。そうしたら先輩だって間違えなくなると思うしさ、なまじ似せてっから、先輩が混同するってとこもあるんだろうし』

確かに、忠明の言う通りだと思う。思うのだが、

「そんなの、できない。地の僕のダメさっていうか、地味さとかイケてなさとか、そういうの先輩の好みとは全然違うもん。地の自分なんか出したら、一発で嫌われる」

素の自分のいいところは、多分、大人しい、というところなのだろうと思う。けれど、それは地味とか暗いとか、マイナス要因と繋がっているのだ。

『けどさ、今のままだと、おまえ、つらいだけじゃん。長続きしねぇぞ、そんなの』

忠明の言うことは、全部もっともなことばかりだ。

けれど、素の自分なんて、怖くて出せない。

貴尚が好きになってくれたのは碧に似ている自分で、似ていない自分には多分価値はないのだ。

それに、自分自身が一番「本来の自分」のダメさを知っている。

そんな自分をさらけ出して「好きになって下さい」なんてできるわけがない。

『とにかく、俺にできるアドバイスは、ちょっとずつ素のおまえを出してけってことくらいだ。これ以上は堂々巡りしかしねぇから、切るぞ』

黙ってしまった真咲に、忠明はそう言って電話を切ってしまう。

真咲にしても、同じことをぐちぐちと言うだけになるのは分かっていたので、電話が切れた後はかけなおしもせずに、一人で悶々と考え込んだ。

——素の自分なんか、出せないもん……。

大人しくて控えめと言えば聞こえはいいが、うじうじとしていて自己主張ができない。実の父親にだって男らしくないと繰り返し言われて、多分、嫌われていたと思う。

だから、逃げたくて寮生活のできる青陵を選んだのだから。

そんな素の自分を、あの何でもできる貴尚が好きになるなんてありえないのだ。

——碧さんの真似をしてる限り、好きではいてもらえる……。

身代わりでもいい。

それで貴尚のそばにいられるなら。

真咲はそれで納得することにした。

ただ、納得したはずなのに、不意に貴尚に「ちゃんと僕を見て」と言いたい気持ちになった。

でも、言えるはずもなくて——。

「お加減でも悪いんですか？」

数日後、いつものように貴尚のバーにいた時だった。

真咲は不意に声をかけられ、その声のした方へと視線を向ける。

同じカウンター席にいた常連の客だった。

週に何度か来ている常連で、話したことはないが時々見かけることはあって、互いに顔だけは知っていた。

いつも仕立てのいいスーツを纏った、年齢的には三十半ばと若いのに「紳士」という言葉がしっくりとくる男だ。常連客同士の気の置けない話には場の空気を壊さない程度に参加しているが、基本的にはキープしているレミー・マルタンを静かに飲んでいる。

そんな様子がサマになる男前でもある。

「いえ、そういうわけじゃありませんけれど、そう見えましたか?」

貴尚とのことを考えて暗い顔になってしまっていたのだろうと、真咲は苦笑いをしながら聞き返した。

「いつもと違って、随分と物憂げな様子だったから、少し気になって。まあ、いつもといっても何度かここで顔を合わせたぐらいのことだけれど」

見た目と同じく、穏やかでスマートな話し方だった。

「学生なんかを真面目にやっていると、陽気なだけじゃ済まない事態もいろいろあるので。試験とか、試験とか、試験とか」

笑いながら返した真咲に、男はふっと笑う。

「なるほど、切実な問題だね」

そう言った後、やや間を置いてから続けた。

「無粋なことを言うけれど、切実な問題だけに家に戻って勉強をしたら、と年寄りは思うんだけど?」

それに真咲はにっこりと笑う。

「気分転換という名の現実逃避をはかってるんです」

それに男は納得したように頷いた。

「なるほどね、察するよ。私も似たようなものだし」

「そうなんですか?」

「しがないサラリーマンなんかをやっていると、飲まずにいられないこともいろいろね。突っ走る上司とか動かない後輩とか、我儘《わがまま》なクライアントとか」

「心中、お察しします」

まるで言葉遊びをするようなやり取りの後、二人は互いに噴き出し、話すのは初めてだが知らない相手ではないという気やすさで、とりとめのない話を続けた。

男は――折原《おりはら》というそうで、学生の就職希望先人気ランキングで常に上位に入る一流企業に勤めていることが分かった。

だが、それをひけらかす感じはなく、事実を事実として述べただけというような気の抜けた感じがあり、かえって折原の凄さというか、人としての厚みのようなものを感じた。

――肩書だけで勝負しないって感じの人だな……。

貴尚に対するのとは別の意味で魅力的で、就職をした時にこういう人が上司だったらいいだろうなと、そう感じるような、包容力や安心感がある。

そうやって二人で話していると、女性の常連客の相手をしていた貴尚がすっと戻って来た。

「珍しいですね、折原さんが他のお客様と長く話していらっしゃるの」

その貴尚の言葉に、折原は笑いながら言った。

「若い子と親しく話す機会なんて、そうあるものじゃないからね。市場調査も含めていろいろ」

「相変わらず仕事熱心ですね」

「最近は流行のサイクルが短いから大変だよ。アナログ世代のアンテナに引っかかった頃にはもうブームが終わってる」

苦笑いする折原に、そんな年齢じゃないでしょう、と言うと、真咲を見た。

「ノンアルコールでいいか？」

「うん」

アルコールの入ったカクテルは二杯だけ、というのがいつの間にか貴尚との間にできたルールだ。三杯目からはノンアルコールで、貴尚のお任せになる。

貴尚は氷を入れた新しいグラスにライムを搾り、グレナデンシロップを入れてからジンジャーエールを注いで軽くステアした。

『シャーリーテンプル』という名のカクテルだ。

貴尚は空のカクテルグラスをコースターごと下げ、新しいコースターでそれを出した。

よほどの時以外、貴尚はコースターまで取り替えない。

それは、閉店まで待っていろ、という二人の間で通じるサインだ。

「いただきます」

言って真咲はカクテルを口にした。

甘いノンアルコールは、その名前もあってお子様扱いをされている気分になる。

「彼はあまり飲めないのかな」

折原が貴尚に聞いた。

「どこが限界かは知りませんけれど、電車で帰ってもらわないとなりませんから」

他の客の手前の言葉だとは分かっていたが、なぜか突き放されたような気持ちになる。だが、それを押し隠し、真咲は肩を竦めた。

「いつも気を遣っていただいて、ありがたいと思ってるんですよ？　これでも」

真咲の言葉に貴尚は口元だけで笑ったが、いつもとは違う顔に見えた気がした。

だが、それは真咲の勘違いなどではなかったらしい。

最後の客を送り出した後、二人きりになった店内で貴尚は真咲の隣に腰を下ろし、言った。

「おまえ、あまり他の客とややこしいことになるなよ」

「え？」

どうしてそんなことを言われなくてはならないのか分からなくて、真咲は眉根を寄せる。

その様子に、貴尚は少しむっとしたような表情を見せた。

「折原さんのことだ。あの人は本当にこの店が好きで来てくれてるし、ああいう雰囲気の客がいるっていうことは店にも随分とプラスなんだ」

「分かる気がする。折原さんが来てる時は、常連の女の人たちもレディな振る舞いだもんね」

いつもはキャアキャアとうるさいほどの話し声も、今日は折原がいるからか随分と静かだった。

オーナーである貴尚が若いから店の客層も若くなりがちだが、今日のような雰囲気だと『大人が静かに飲める店』としても充分だ。

「分かってるなら、気をつけてくれ」

「気をつけろって、別に今日だって普通に話してただけだよ？」

「どうだかな」

疑っているような言葉に、真咲は唇を尖らせる。

「どうだかって……僕から話しかけたわけじゃないよ？　それに、いいお客さんだって分かってるから無視もしなかったんだし」

「店のために相手をしてくれてたっていうのか？　それはどうも」

つっけんどんな物言いに真咲はむっとした。

「なんでそういう言い方するわけ？」

普通に話をしていただけなのに、どうしてこんな言い方をされなければならないのか、真咲には本当に分からなかった。

そんな真咲に貴尚は突き放すような声で言った。

「おまえには前科があるからな」

「前科って……」

「店に来初めの頃、騒ぎを起こしてるだろう」

それは、タチの悪い酔っ払い客に絡まれた時のことだとすぐに分かった。

「あれ、僕のせいだって言うの？」

もともと酔うとタチが悪くなる客で、以前にも騒ぎを起こしていると言っていたはずだ。たまたまその客に真咲が絡まれたというだけで。

「そうは言ってない。けど、おまえは危ないタイプだって、その時にも言っただろう」

ため息交じりの言葉は、明らかに真咲を責めている。それにかっとして食ってかかりそうになったが、それを真咲はすんでのところで堪えた。

——落ち着け、ここで言い返したらますます子供扱いされる……。

そして、考える。碧なら、どうするか、と。

真咲は胸のうちに碧の姿を思い描き、そしてふっと諦めたように笑う。

「分かった、気をつける」

その返事に貴尚は戸惑ったような顔を見せた。

「でも、気をつけてもどうにもならない時って、あるじゃん。そういう時はもちろん、今日みたいに貴尚さんが助けてくれるんだよね？」

真咲の言葉や様子が予想したものと違っていたのか、貴尚は戸惑った顔のままだった。だが、小さく息を吐くと、

「ああ」

短くそう返した。

「じゃあ、これからもよろしくってことでいい？」

真咲が小さく首を傾げて問うと、これ以上言い合いを続ける気はないのか、それとも納得したのかは分からないが、貴尚は頷いた。

それに真咲はほっとした。けれどそんな様子はおくびにも出さず、碧を演じたままで続けた。

「それじゃ、送ってもらおうかな。それとも、電車で帰れ、とか言う？　帰れるように気遣ってもらってるわけだし」

軽い口調で言うと、貴尚は苦い顔で——けれどもさっきまでのようなピリピリした様子は見せず、手でくしゃっと真咲の頭をかき混ぜるようにした。

「走ってギリギリ間に合う時間でもないだろ」

「うん、言ってみただけ」

そう返した後、真咲は思い出したように言った。

「ねえ、今度からノンアルコールのカクテル、シェイカー使うのにしてほしいな」

「『フロリダ』も『シンデレラ』も飲み飽きたんだろ?」

「うん。でも、貴尚さんがシェイカー振ってるとこ、格好良くて好きなんだ。だから」

真咲の言葉に、貴尚は苦笑した。

「はいはい、お姫様のためにシェイカー使うノンアルコールカクテルの準備しとくよ」

「だから、貴尚さん、好き」

にっこり笑って返すと、頬に触れるだけのキスが返ってきた。

「全く、おまえは本当にタチが悪い」

そう言った貴尚は、すっかりいつもの貴尚で、真咲はやっと心から安堵できた。

5

その日も、店内は貴尚を狙い合う常連客で表面上は華やか、しかし水面下では一言一言腹の探り合いという様子だった。

折原の件があってから二週間ほどになるが、あれから折原とは一度だけ会った。ただ、その時は折原との間に別の客を挟んでいたので、軽く会釈をした程度で、特に話はしなかった。

もともと曜日を決めずに気まぐれに店に来ていた真咲が、折原と店で会うことはそう多くなかった。

この前のことがあってからも意図的に避けていたわけではなくとも、その程度の顔合わせなので気にせず今まで通りでいいだろうと思うことにした。

ただ、あの時の貴尚の様子は気にかかった。

——無意識に、先輩の気に障るようなことしちゃってるのかな……。

だとすれば、無意識下でのそれは多分素の自分の部分だと思う。

実際、碧ならどうするかと考えて行動した途端に貴尚の怒りが治まったことを思っても、そうなんだろうなと思う。

——結局、先輩は今でもずっと碧さんのことが好きなんだよね。

そう思うと、どうしようもなく、つらい。

そして、怖かった。

忠明は、少しずつでも素の自分を出していけと言っていたが、無意識に出てしまっている素の自分だけでも貴尚を苛立たせたかもしれないのだから、できるはずもない。

本当の自分の姿など見せたら、嫌われるのは確実だろう。

だったら、碧の振りをし続けるしかない。

その間だけは、貴尚のそばにいられるのだから。

そうは思っても——つらいと思ってしまうこともあって、気持ちは堂々巡りを繰り返すのだ。

常連客の相手を一通り終えた貴尚がすっと近づいて来てそう声をかける。

「真咲、何かあったのか?」

「何かって、何?」

真咲は首を傾げる。今日は何かあったのかと問われるようなことは何もしていないし、常連客たちの貴尚争奪戦にも似た様子にしても、いつものことだから特に気にはしていない。

「最近、ちょっと様子変だぞ。落ち込んでるっていうか、ちょっと考え込むような顔してることが多い」

貴尚のその言葉に、真咲の背筋がひやっとした。

——できるだけ顔に出したりしないように気をつけてたのに……。

そうは思っても、見抜かれていたのだから、何か適当な理由を考えなくては、と咄嗟に頭を巡らせる。だが、思いつく前に貴尚が少しばつの悪い顔をした。

「この前のこと、気にしてるのか？」

「この前？」

真咲が問い返すと、貴尚は少し言いあぐねるような様子を見せた後、

「折原さんとのこと」

他の客に聞こえないような小さな声で告げる。それに真咲は頭を横に振った。

「ううん、それは全然っていうか、今言われるまで忘れてた。そうじゃなくてさ……」

真咲は小さくため息をついた。

「何があったんだ？」

「大学の教授、来月は学会で忙しくなるから、後期試験を少し早めて一月中に試験とレポート提出とか言いだすし」

それは、嘘ではない。ただ、急に言われたわけではなくて、最初からその予定で、真咲の準備は万端だ。ただ、生徒の間では「試験期間が長く感じられてヘコむ」だの「バレンタイン前にさらに傷心とか、キモチ下がるー」という言葉が挨拶のようにかわされているので、それが出て来たのだ。

「一月中ってことは、もうそろそろか？」

「試験が二十九日で、レポートの最終期限が月末だからあと一週間だね」

そう言った真咲に貴尚は気まずい顔をした。

「悪い時期に誘ったかな」

「今週の日曜でしょ？　大丈夫だよ。大丈夫っていうか、気分転換できると思って凄く楽しみにしてるんだよ」

真咲はにっこりと笑顔を作る。

日曜というのは、デートのことだ。

貴尚が遊園地の無料招待券をもらったから、一緒に行かないかと誘ってくれたのだ。

つきあい始めてから、そういうデートっぽいデートは初めてで、本当に楽しみにしていた。

「それならいいんだけどな」

貴尚はそう言って、真咲の飲み終えたグラスを下げる。

「新しいの、何作る？」

貴尚がそう聞いてきた時、涼やかなドアベルが鳴り、新しい客が入って来た。

「いらっしゃいませ……」

条件反射でドアの方を見てそう言った貴尚の表情が固まる。その様子に気づいた真咲もドアの方へと視線を向け、そして貴尚と同じく固まった。

肩あたりまである柔らかそうなナチュラルブラウンの髪。白い肌に、猫のような目。一目でその場にいる者を魅了する美貌――。

「碧」

貴尚が、名を呼んだ。

それに碧は少し目を細め、口の端だけで笑う。

ゆったりとした様子の――真咲が碧の真似の中で一番大好きな、あの笑み。

――全然違う……。

真咲の全身から血の気が引いていく。

碧は店内の客の視線を集めながら、全く気にした様子もなくカウンターに近づき、真咲の隣に腰を下ろした。

「久しぶり」

碧が貴尚に向け、言った。

「久しぶりって…久しぶりだけど、どうしたんだよ？　なんで日本に？」

二人が別れたのは、碧がアメリカに行ったからだ。その碧が突然現れれば驚くしかないだろう。

「帰って来いって連絡があってね。それで、今日帰って来て、空港からまっすぐココ」

疲れた、という感じをわざと作ってため息をつく。

その様子を間近で見つめていた真咲は、昔見た時よりもさらに美しくなっている碧に目を奪われるしかなかった。

それと同時に、自分のメッキがぼろぼろと腐食してはがれていくのを、まざまざと感じる。

――身代わりにだって、なれない……。

身代わりでいいと思っていた。けれど、それがどれほどの思い上がりだったか、一瞬で叩きのめされた気がした。

足元から崩れ落ちそうな敗北感が真咲の全身を覆って、震えそうになる。

「それで、急に戻って来たから泊まるとこ手配してなくてさ。っていうか、貴尚をあてに帰って来てるんだけど、泊めてくれない？」

碧のその言葉に、貴尚はどうするんだろう、と真咲が考える間もなく、

「仕方ない奴だな。いいよ」

貴尚は気軽に答えていた。

――先輩……。

即答レベルでの返事。つまり、それだけ碧は特別だということなのだろう。

別れたといっても、それは碧がアメリカに行ってしまったということが理由なのだから、日本に帰ってくれば元の鞘に収まるのが自然な形だ。

現に、まるで二人の周囲には真咲も他の客もいないかのようだった。

そんな中、じっと見つめている真咲に碧はようやく目をやった。

目が合った瞬間、真咲の心臓が――それまで凍りついたようにその脈を感じさせなかった心臓

が大きく跳ねた。

「何か？」

首を傾げ、碧が問う。

真咲はこと切れそうな気力を振り絞って、精いっぱいにこりと笑った。

「とても綺麗な方だと思って、見惚れてました。ごめんなさい」

不躾《ぶしつけ》な視線の謝罪をすると、碧は艶やかな笑みを浮かべた。

「言われ慣れてるセリフでも、君みたいな可愛い子から言われるとやっぱり嬉しいね。貴尚、僕にマンハッタンを、隣の彼にも僕から何か出して」

それに貴尚が頷き、真咲に何がいいかを聞こうとしたが、真咲は頭を横に振った。

「いいえ、僕はもうこれで帰りますから、お気持ちだけいただいておきます」

「え？　帰るのか？」

驚いた様子で貴尚が聞く。

「レポートと試験って言わなかった？」

咄嗟の嘘がここで自分を救ってくれるなどと真咲は思っていなかった。だが、貴尚はそれで納得したらしい。

「そうだったな。気をつけて帰れよ」

「そうする」

真咲はそう言うと伝票を手に取り、碧に会釈をしてレジへと向かった。決して逃げ帰るようには見えないように、ゆっくりとした動作で。

支払いを終えて店を出た後、どうやって家に戻って来たのか真咲の記憶はない。

電車のある時刻だから、それで戻って来たのだろうが、気がつくと、自分のマンションのベッドの上で泣いていた。

——全然ダメじゃん……。

碧の様になりたくてしてきたことのすべてが、虚しくて、どうしようもなかった。

どれほど頑張っても、碧の足元にも及ばない。

それを思い知った。

碧がいない間だけの、碧の代わり。

貴尚にとって、自分はそれだけの存在でしかない。

——最初から、手が届くはずがない人だったんだから。

自分を納得させようとしても、涙は止まらず、泣き疲れて眠りが訪れるまで、真咲は泣き続けていた。

傷心の真咲をさらにどん底に突き落とすようなことが起きたのは翌日の夕方だった。

貴尚のマンションに碧がいると分かっていて訪ねて行く気になれるはずもなく、真咲は大学からまっすぐ家に戻っていた。

——碧さん、これからずっと先輩の家にいるのかな……。

帰国が突然だったから、帰るところを準備していない、とは言っていたが、そのまま貴尚のところにいても不思議はない気がした。

——先輩のマンション、広いし……不都合はないよね…。

そうなったら自分はこれからどうするのだろうと思う。

考えなくても分かる気はしたが、でも今はまだ、貴尚から何か言われたわけじゃない。

——言われるまで、今のままでいた方がいいのかな。それとも、決定的なことを言われる前に察してフェードアウトする方が、都合いいのかな…。

もし、別れることになるのだとしても、その時は綺麗に別れたい。

自分とのことは、綺麗な思い出にしておいてほしい。

どうしても、悪いことばかり考えてしまうのは、いつもの真咲の性格上仕方のないことだ。

それでも——日曜日のことを、ふと思った。

日曜日のデートにまで碧が一緒に来るなどということはないだろう。

もしかしたら、最後のデートかもしれないと思う。

それならそれで、楽しかった思い出を作っておきたいなと——別れを前提にしながらも真咲にとっては精いっぱい前向きに考えてみる。

そんな風に考えていた真咲の携帯電話が、不意に鳴った。

画面を確認すると、それは貴尚からだった。

貴尚からの連絡はいつもメールだ。だが、今日はメールではなく電話だった。

いつもと違う連絡の仕方に不安を覚えながら、真咲は電話に出た。

「もしもし」

『真咲？』

「そりゃ、僕の携帯なんだから僕に決まってるじゃん。どうかしたの？　電話なんて」

いつもと同じ様子を装って、真咲は貴尚の言葉を待つ。

真咲の言葉に貴尚は少し言いづらそうな間を置いてから、言った。

『日曜の遊園地、悪いけど、キャンセルさせてくれないか』

「え……、なんで？」

思ってもなかった言葉だった。

『高校時代の友達と会うことになってさ…』

高校時代の友達、と貴尚は言ったが、真咲には碧のことだとしか思えなかった。碧だって高校時代の友達――正確には恋人だが――なのだ。

――碧さんが帰ってきたから？　碧さんとデートするから？

『おまえも試験前だって言ってたし、終わってから……』

「試験勉強の気分転換に凄く楽しみにしてるって、言わなかった？」

さも、その方が都合がいいだろうと取ってつけたような言葉を続けられたのが、真咲の神経を逆撫でし、ついきつい口調で言い返していた。

『そういう言い方をするなよ。別に期限が切られてる券でもないんだし』

「ニューイヤーパレードは日曜までだよ」

それは偶然だったし、特別にそのパレードを見たいというわけでもなかったが、約束を反故にしようとしておいて、いつでもいいだろうというような意味合いのことを言われたのに腹が立った。

腹が立ったというより悲しかった。

貴尚はさすがにパレードのことはまずいと思ったのか、少し黙した。

その沈黙は、じゃあ、パレードだけでも見に行くかとでも言いだしそうな気配を感じさせ、もしそんなことを切りだされたら、まるで真咲が駄々をこねて無理を通したような形になりそうで、真咲は貴尚は口を開くより先に、言った。

「分かった、キャンセルでいいよ。仕方ないし」

『……悪いな。埋め合わせは、ちゃんとするから』

「別に、気にしないで」

『ホント、悪い』

「いいって。じゃあ、またね」

真咲はそう言うと電話を切り、そのまま両手で頭を抱え込んだ。

「……決定的じゃん…」

貴尚の中の優先順位の、真咲よりも上に碧がいることなんて分かっていたはずだ。

分かっていたけれど、それを事実として突きつけられるとこんなにつらくて悲しいなんて思っていなかった。

――もう、本当に終わりだな……。

思った途端、昨夜でかれたと思っていた涙が、また溢れて来た。

◇◆◇

携帯電話が着信ランプを点滅させていた。

確認すると、貴尚からの電話と、そしてメールの着信ばかりが履歴に表示されていた。

あれから、真咲は貴尚と連絡を取っていない。

マンションにはもちろん、店にも行かなかった。

その間、ずっと貴尚から電話とメールが入っていたが、真咲は電話には一度も出なかったし、メールも見ていない。

試験とレポートで忙しいと、最初のうちは思っていた様子の貴尚だが、二月に入り、そのどちらも終わってからは無視しているのが確信に変わったらしく、一日に一度程度だったメールの着信が増えた。

メールを無視していると、そのうち電話の着信も頻繁にあるようになった。

——碧さんがいるなら、僕なんかお払い箱じゃん……。

真咲はそう思いながら、来ているメールをフォルダーに振り分けようとして、一番上、つい五分前に来たメールのタイトルに目を見開いた。

『家にいるなら、会いに行く』

——来られても、困る……。

顔を見たら、絶対に泣いてしまう。

泣いて困らせるような愁嘆場を見せたくない。

けれど、自分から連絡を取る勇気もなくて真咲は携帯を握り締めていた。その時、貴尚から電話がかかってきて、真咲は息を呑んだ。

——どうしよう……。

出なかったら家に来るかもしれない。

でも、電話に出たら、声を聞いたら――いや、会うよりもましだ。

真咲は震える指で、通話ボタンを押した。

「もしもし……」

『真咲？』

出ると思っていなかったのか、貴尚の声が少し驚いていた。

「そうだけど、何？」

真咲は必死でいつものように碧を演じる。

『何って、連絡しても出ないから…。大学、忙しかったのか？』

「それもあるけど、連絡されたら絶対出なきゃいけないなんて、いつ決まったわけ？」

怒っている口調ではなく、からかいと、そして多少うんざりしたような様子を混ぜて言う。

『どうしたんだよ、機嫌悪いな』

「貴尚さんはご機嫌みたいだね」

『そうでもないよ、普通だ。とりあえず、おまえと連絡が取れてほっとしてるけどな』

――ずるい。

そんな一言だけで、どれくらい嬉しくなるか、貴尚はきっと知らない。

碧がいて、自分のことはその後だと分かってても、嬉しいと思ってしまう。

けれど、碧が帰って来た以上、どうあがいても自分が貴尚の一番になることはないのだ。

だから、終わらせなくてはと思う。

『今日、店に来ないか？　都合が悪いなら、いいけど』

「……都合は、多分永遠に悪いと思う」

『真咲？』

「意味が分からないくらい、鈍くないでしょ、貴尚さん」

声が震えそうになるのを、必死でこらえた。

『なんで急に変なこと言い出してるんだ？』

「それも、分かってるはずだけど」

『碧のことか？』

「元カレと僕を比べて楽しもうとか、そういうタチの悪い趣向につきあうつもりはないから。じゃあね。もう、連絡してこないで」

言いきると電話を切り、そのまま携帯の電源も落とした。

――これでいいんだ……。

真咲は胸のうちで呟いて、溢れてくる涙を拭った。

貴尚の番号とメアドを着信拒否にしたのは、翌日のことだ。

電源を落としていたことさえ忘れていたのだが、大学の休み時間に「昨日何度も電話をしたのに出なかった」と同級生に言われて思い出したのだ。

構内にあるカフェテリアの隅で携帯の電源を入れるとメールが何通も来ていて、タイトルは怒っている様子ではなかったが、勘違いをするな、とか、説明をしようとするものばかりだった。けれど読む気にもなれなくて削除のついでに着信拒否をかけた。

――これで、会う気も何もないって分かるはず。

このままフェードアウトしてしまえばいい。

着信拒否設定になった貴尚のページを見て眉を寄せていると、電話が鳴った。もちろんそれは貴尚からではなく、忠明からだった。

メール連絡が基本の忠明から電話がかかってくるなんて珍しくて、真咲はすぐに出た。

「何？　電話なんて。急ぎの連絡？」

『そうじゃなきゃメールで済ませるって。青陵で古典教えてた城田《しろた》先生いるじゃん？』

「ああ、おじいちゃん？　どうかしたの？」

城田は青陵の名物教師で、年齢は八十近い。

教師としてはとうに定年を迎えていたが、私立の青陵では教師としてずっと教壇に立ち続けていて、真咲も習ったことがある。

『奥さんが病気らしくて、この三月でやめるんだって。そんで、急だけど三月にお別れ会するってさ』

「三月ってもう来月じゃん。本当に、急だね」

『会場の手配とかは上の代で固めてくれてるらしいんだけど、細かい打ち合わせをやりたいから各期の生徒会執行部から二人、集まれって。明後日の三時からだけど、おまえ平気？』

「平気じゃなくても集まれって言うのが青陵の掟だろ？」

まあ、そういうことだ、と忠明は笑った後、

『そういや、おまえ、藤居先輩に青陵の同窓生だって話してるんだっけ？』

付け足すようにそう聞いてきた。

不意に出て来た貴尚の話題に、真咲はあからさまに動揺する。

「な…んで、先輩のこと、急に……」

別れたというか、別れそうというような話はまだ忠明にはしていない。

それなのに、どうして貴尚の名前が出てくるのか分からないのと同時に、何か察しているのだろうかと思っていると、

『なんでって、打ち合わせで絶対会うぞ？　先輩、生徒会長やってたんだし……』

貴尚のその言葉に、真咲の背中が一気に凍りついた。

忘れていたわけではないが、そこまで思い至らなかった。

『言ってなかったら、向こう驚くだろうし』

「ごめん、僕、打ち合わせキャンセルする！」

『そんなわけにいかないだろ』

真咲は慌てて言ったが、あっさり却下される。

「だって、生徒会役員から二人なんだろ？　じゃあ、僕じゃなくても大滝がいるじゃん。大滝を連れてけば……」

青陵の生徒会執行部は生徒会長一人、副会長二人、会計一人、書記二人の六人で構成され、その後の円滑な運営のために必ず全学年の代表が一人は入っていなければならないとされていた。

忠明が会長だった高校三年の時には副会長の一人に真咲、そして書記に大滝がいて、後は二年が二人、一年が一人だった。

そのため、真咲の都合が悪ければ大滝で構わないのだが、

『利き腕骨折中のあいつが、何の役に立つっていうんだよ』

あっさりと、もっともな意見を出され、真咲は撃沈した。

『まあ、一年しか時期被ってないから、知らなかったってとぼけるのもギリでありだろ、そういうわけでよろしく。あ、二時におまえの大学まで迎えに行くから。……ばっくれんなよ』

忠明は念押しするようにそう言うと電話を切った。

真咲は切れた電話を耳から外したものの、画面をしばらくぼんやりと眺めていた。

――どうしよう、顔、合わせたら……。

会いたくないのに、どうしてこんなタイミングで、と思う。

それと同時に、あることにも気づいた。

貴尚の代の生徒会執行部には書記に碧がいた。このタイミングで帰国しているということは、碧が出てくる可能性が高い、というか、二枚看板と言われた二人なのだから、碧が出ると思った方がいいのだろう。

――上の代である程度決めてるっぽいみたいなこと言ってたし、それで先に碧さんに連絡回ってたってこともあるじゃん……。

会いたくない。

絶対に会いたくない。

それでも会わなければならないなら――気づかれないようにするしかない。

真咲はその後の講義を放り出し「いかにして貴尚に気づかれないようにするか」について考え続けた。

◇◆◇

二日後、真咲は忠明の車で青陵の卒業生が社長をやっている「ミクニ・オリエントホテル」に来ていた。

豪華なバンケットルームはこれまでに何度も芸能人の結婚式に使用されてきた老舗《しにせ》ホテルだ。

今回のお別れ会にもそのバンケットルームを急遽《きゅうきょ》押さえ、今日の卒業生を集めての打ち合わせにも会場を無償で提供してくれていた。

その会場には、白髪交じりの三十年以上前の卒業生から真咲などのつい最近卒業した若手まで、軽く六十人以上が集まっていた。

そんな中でも、やはり最初に目に入ったのは貴尚と碧だった。

「相変わらず、目立つ二人だな」

忠明はそう言って自分に隠れるようにしている真咲に目をやった。

真咲は、髪を真っ黒に染め戻し、伊達《だて》の黒縁めがねに、黒のタートルに黒のブーツ、今は脱いでいるが手に持ったコートまで黒で、パンツだけがかろうじてダークブラウンという地味ないでたちになっていた。

「……あの二人から、離れたとこに座ろ？」

怯えているようにさえ見える真咲からは、碧の真似をしていた時にはあったオーラは全く感じられない。

それ以前の問題として、存在感さえも消しているようだった。

「ああ、分かってる」

大学まで迎えに行った忠明は、真咲の姿を一目見て、貴尚と何かあったことを悟った。

その「何か」が「何であるか」までは分からなかったが、とりあえず、同窓生であることは話せていないのだろうと分かる。

真咲を困らせると自分が面倒になることになると理解している忠明は、貴尚たちを避けて離れた席に腰を下ろした。

打ち合わせ自体は簡単なもので、一時間ほどで終わった。

中心となっている学年が真咲たちの六つ上、貴尚の一つ上であるため、その周辺の年代がある程度の会の内容についてなどは決めてくれていたので、その内容でいいかどうかの是非が主な問題で、それ以外は各学年単位で取りまとめることなどについての連絡があった程度だ。

打ち合わせの後、久しぶりに会う卒業生たちなどは近い期生同士で集まりあい話に花を咲かせ始めていて、それは年代が上がるほどに盛り上がっている様子だ。

「忠明、早く帰ろ……」

長居をして貴尚たちに見つかりたくなくて、真咲は忠明の袖を引っ張る。

忠明もそれは心得ているらしく、頷いて、早々に会場を出ようとしてくれた。しかしドアの近くまで来た時に、

「おい、萩原」

忠明を誰かが呼びとめた。それは二学年上の生徒会長で、本間《ほんま》という男だ。

「ああ、先輩。お久しぶりです」

忠明が言うのに、真咲も合わせて会釈をする。

「やっぱり真咲姫も一緒だな」

明るくて裏表のない本間は屈託のない笑顔で言ったが、真咲をマジマジと見て、

「真咲姫、どっか悪いのか？　元気がないじゃないか」

大きな声で、問う。

名前を連呼されると、その名前を貴尚が聞きつけそうで冷や冷やした。

「ちょっとこいつ、体調崩してて。ホントは大滝と代えてやりたかったんですけど、あいつ、この前事故って右手骨折してるんで」

忠明は大滝の名前を出して本間の興味を真咲から逸らす。

「事故ってマジか？　え、相当酷いわけ？」

「いえ、頭も打ってないし、本当に骨折だけなんですけど、利き手なんで」

そりゃいろいろ不便だよなぁ、などと話している時、貴尚と碧が会場を出るためにドアに向かってやって来てしまった。

真咲はさりげなく忠明の体を使って貴尚の死角に入ろうとしたが、

「あ、藤居先輩、お久しぶりです」

あろうことか、本間が貴尚に挨拶をして呼びとめた。

「ああ、久しぶりだな」

「加賀先輩、いつ日本に？」

本間はさらに、その隣にいる碧に声をかけた。

「ちょっと前に。直上の代が中心だから、海外逃亡組には早めに連絡来ててね」

「それにしても、相変わらず綺麗っすね。昔より大人の魅力でフェロモン出まくりっていうか」

笑って話を続けている本間に、忠明は、

「じゃあ、先輩、俺たち先に失礼します」

と断って逃げようとしてくれたのだが、

「ちょっと待てって。先輩、紹介しますよ。俺の二つ下の代だから……先輩たちが高三の時に中一だったんスけど、萩原と、新堂です」

あろうことか、本間は貴尚たちに二人を紹介した。

この時、真咲は正直、倒れてしまいたかったし、忠明も後に、世話になった先輩ではあるが『本間、テメェ、殺す』と思ったと話していた。

「どうも萩原です」

仕方なく忠明が挨拶し、真咲は顔を見せないように俯《うつむ》いたまま頭をさらに下げ、

「新堂です」

と挨拶したのだったが、不意に空気が動いたと思ったら、真咲は顎を摑まれ、その顔を上向かされていた。

もちろん、それは貴尚によってだ。

「真咲…」

驚きに見開かれた貴尚の目が、次第に険しいものになる。

「藤居先輩？」

貴尚の突然の行動に本間が戸惑いがちに声をかけ、それに貴尚は、ハッとした様子で真咲から手を放した。

そのすきを真咲は見逃さず、

「忠明、先に、出てるから」

そう言い置くと、戸口付近で他にも溜まっている卒業生の先輩たちの間をうまくすりぬけ、完全に逃げるように会場を出る。

だが、すぐ後に貴尚が追いかけてきて、真咲は廊下の途中で貴尚に捕まった。

「真咲、待てよ！」

腕を捕らえられ、そのまま壁際に押し付けられる。

「放…して、下さい……っ」

逃げようと、捕らえられた腕を引きはがそうとするが、力でかなうわけがなかった。

「おまえも、青陵の卒業生だったんだな。いつから知ってた、俺のこと」

問う貴尚から、真咲は顔を背け、口を閉ざす。

「電話もメールも無視のうえ、話も聞こうとしない、あげく着信拒否ってどういうことだよ？」

抑えた声音ではあるが、怒っているのをまざまざと感じる。

「何とか言え、真咲……っ」

いくら声を抑えてはいても、壁に人を押しつけて詰問している様は否応なく人目を引いた。会場の外だから、卒業生以外にも一般客もいる場所で、好奇の視線が集まっていたが、そのことに貴尚は気づいていない――気づく余裕もない様子だ。

「藤居先輩、ここじゃ人目がありますから…向こうで……」

すぐに後を追って来た忠明が、視線を集めている二人に気づいてそう声をかけ、何とか場所移動をさせようと促す。

だが、真咲は無理やり掴まれた腕を引き離し、

「話すことなんか、何もない…っ！　身代わりが嫌になっただけだから！」

そう言い捨てると、忠明の袖を掴んでホテルの外へ出た。

忠明と一緒に逃げたからか、二度まで逃げられて追いかけるような真似はできないのか、それとも後から来ただろう碧に止められでもしたのか、貴尚は追ってこなかった。

「まあ、なんかあったんだろうってのは最初から予想できてたけどさ……」

忠明は後部座席で号泣している真咲の様子をルームミラーで時折窺いながら、車を走らせる。

「別…っ…べつに、何も…ない…っもん……、碧さ…が、帰っ…きて…デキ…の…ゎるい、まがい物は……おはら…、お払い箱なだけで……」

しゃくりあげて何度も言葉を詰まらせながら、真咲は言う。

「藤居先輩の様子見てる限りじゃ、そんな感じしなかったけどな…」

「あれは…僕が……いっぽ…的に……連絡…しなくな…た……から、問いただしたい…だけ」

まあ、そう受け取れなくもないか、と忠明は多少の理解もするが、

「でもさ、おまえ、そんな号泣するくらい先輩のこと好きなんだったら、より戻すっつーかさ、ちゃんと話した方がいいんじゃないのか?」

真咲の様子を見れば、まだまだ貴尚のことが好きで仕方ないのは一目瞭然だ。

「……碧さんが、帰って来たんだから…僕なんか、もう必要ないし…どう頑張ったって、碧さんには勝てないもん……」

ボックスティッシュを漁り、最後の一枚を引き抜いて真咲は涙と鼻水を拭う。

「おまえさ、碧さんのこと、神様レベルの凄い人みたいに言うけど、どっちかっていうと俺は苦

手なんだよな。確かに凄い綺麗な人なんだけど、なんか、おっかなくてさ……」

笑って言ったそれは紛れもない忠明の本音だ。

ちょっとやそっとじゃお目にかかれない美人だと思うし、観賞用と割り切って見るにはいい人だと思うのだが、忠明の好みというわけではない。

「それは忠明が変わってるからだもん」

真咲はバッサリ切り捨てる。

「もともと…先輩が僕に興味を持ったのだって、碧さんに似てるからだし……っていうか、それを狙って必死で碧さんの真似をしてたんだから、自業自得だけど……結局碧さんにはなり代われないって思い知ったもん…。まるで本物の宝石の隣にプラスチックビーズ並べたみたいに無様だったもん」

そう言って、真咲は再びしゃくりあげて号泣する。

「はいはい、分かった、分かった。ほら、新しいティッシュ」

忠明はため息をつきながら、ダッシュボードの中に入れていた新しいボックスティッシュを後部座席に差し入れる。

そして、このまままっすぐ帰ったところで真咲は車を降りられる状態じゃないだろうし、泣きやむまでは適当にドライブしかないだろうな、と、しばらく真咲に付き合う覚悟を決めた。

6

「お別れの会」の打ち合わせは、その後二度あったのだが、それには忠明だけが出た。どちらか一人でいい、という話になっていたし、実際、二人揃って出ている年代というのは初回ほど多くはなかったので、問題にはならなかったようだ。

その代わり、真咲は裏方に徹し、出欠の取りまとめなどを行った。

そうやって表向きは平穏に時間が過ぎていた二月下旬、午前中の講義を受け終え、食堂へ向かった真咲はその途中でここにいるはずのない人物の姿を見つけてしまった。

というか、遠巻きに見つめる人だかりを作っている人物に気づかないはずがない。

食堂へと続く石畳の通路に立っていたのは、まぎれもなく碧だった。

真咲は忘れ物を取りに戻る、という体でこっそり踵《きびす》を返したのだが、

「見ぃつけた――――」

笑みを含んだ声で言いながら、碧は背後から走って来て、真咲を羽交い締めた。

「新堂真咲クン、だよね？」

「違います」

即座に嘘をつく。

「ちょっとそこのメガネ男子たち、こいつの名前何？」

しかし、碧はすかさずその場に居合わせた二人の生徒に真咲の名前を問う。運の悪いことに、同じ講義を受講している同級生だった。

二人はいきなり驚くような美人に声をかけられて、どぎまぎとした様子を見せながら、

「新堂君です」

「下は、まさ…き？　だっけ？」

確認し合いつつ答える。その二人の回答に、碧はにっこり笑う。

「やっぱり、君じゃん。ウソツキさんには罰を与えないとねぇ。ほら、おいで」

見た目からは想像できないほどの強い力で真咲の腕を摑むと、碧は大学の外にある喫茶店に連れ込んだ。

大学には大きな学食と購買があり、特に学食はメニューが豊富な上においしくて、さらに安いこともあり、昼時でも生徒が喫茶店に流れることは少ない。

今も、地元客が二組いるだけだった。

「好きな物頼んで。この前、貴尚のとこで奢り損ねてるし」

碧はそう言ったが、

「……ミルクティー、ホットでお願いします」

真咲はそれしか注文しなかった。

「飲み物だけ？　なんか食べなくていいの？　学食行くトコだったんだろ？」

「いえ、結構です」

頼んだところで喉を通りそうにない。

「遠慮しなくていいのに。ケーキとかは？」

「いえ、本当に……。加賀さんがお食べになりたいならどうぞ」

「甘いものは好きじゃないから。じゃあ、僕はコーヒー」

二人の注文を取るとウェイトレスは下がった。

――甘いものは好きじゃないから――

たった今の碧の言葉を反芻《はんすう》し、真咲は心の中で、ああ、と嘆息した。

あれは、貴尚と問屋街へグラスを見に行った時だ。

休憩のために入った喫茶店で、ケーキを注文した真咲に貴尚は意外そうな顔をしていた。

――ケーキが好きだと思わなかったから――

確か、そう言っていた。

碧は甘いものが好きじゃない、だから真咲がケーキを注文した時にあんな反応をしたのだろう。

似ているから、重ねて見て、けれど違っていると思い出して、がっかりした。

自分と会っている時は、多分そんなことの連続だったんだろうと真咲は思った。

そこに本人が帰って来て――その時の貴尚の心のうちは、考えずとも分かる気がした。

真咲はちらりと碧を見やる。碧は窓の外に目をやっていた。

綺麗な横顔だと、素直に思った。

碧が何をしに来たかおおよその予想はつく。

――自分のいない間つきあってたみたいだけど、もう帰って来たから、みたいな、そんな話をしに来たんだよね。

それ以外に多分ないだろう。

――大丈夫、もう、覚悟決めてるから。

真咲は何を言われても動じないように、問われる言葉を先回りして待つことにした。

そして飲み物が届き、ウェイトレスが下がってややしてから、

「貴尚の今カレなんだよね？」

碧は真咲が予測した範囲内のことを聞いた。真咲は紅茶にミルクを落とし、それを軽くかき混ぜてから、ゆっくりと視線を碧へと向けた。

「もう『元』だと思ってくれていいですけど」

だから、気にせず元の鞘に収まってくれて構わない、というつもりで言った。だが、

「え？　そうなの？　その割に、貴尚、君と連絡がつかないってイライラしてるけど」

碧が返してきたのは、真咲の予測の外にある内容だった。

「え？」

戸惑いながら真咲は軌道修正をする。

――ああ、会えないからちゃんと別れ話ができないとかそういう方向か。

後で真咲がゴネたりしないか心配なのかもしれない。

真咲がそう思っていると、碧は呆れたという様子で、

「家と大学が分かってるんなら、会いに行けばいいじゃんって言っても、妙なプライドがあるのかそこまでする必要はないとか、面倒くさいこと言うし」

そう話しながら、コーヒーを口にする。

つまり、貴尚が話をつけられないから代わりに碧が来たということなのだろう。

「僕としても、この前で終わったつもりですし、あれで別れたってことにして下さいって、伝言してもらえませんか?」

これですべて終わる。

そう思って言ったのに、碧は即答した。

「え、めんどい。やだ」

「めんどいって…、藤居先輩のところにいらっしゃるんでしょう?」

帰れば貴尚がいるのだから面倒がることではないというか、真咲に会いに来ることの方がよほど面倒じゃないかと思う。

しかし、碧は再び真咲の予想外のことを言った。

「とっくに貴尚のとこは出てるよ。バーで会ったあの夜と、次の日だけ泊めてもらって、それからマンスリーマンションに移ったから」

「マンスリー？」

真咲が困惑した顔を見せると、碧はさらりと説明した。

「僕の実家、地方なんだよね。父親が地方コンプレックスのある人で、若い時分から都会で学ばせたいって僕を青陵に入れたってわけ。そっちへ帰っちゃうと、今回の件で動けなくなるじゃない？　それでマンスリーへ移ったんだけど」

碧の実家が地方だというのは知らなかった。が、真咲の困惑に対する回答とはずれていた。

「どうして、藤居先輩のところを出たんですか……？　藤居先輩のマンションなら、加賀先輩がいたって充分広いじゃないですか」

知りたいのはそこだ。その真咲の問いにも碧は動じた気配は全く見せなかった。

「広さだけなら充分だけど、ずっとっていうのはキツい」

「キツいって…」

「今回みたいに、火急の用っていうか、その場しのぎに一日二日泊めてもらうにはいいけど、もうそれ以上一緒にいる関係じゃなくなってるから。大体聞いて知ってると思うけど、アメリカに行く前に別れて、そう言う意味ではそこで終わってるからね、僕たち」

碧の様子からは嘘は感じられなかった。

真咲はしばらく沈黙した後、思い切って当時のことについて聞いてみることにした。

「どうして、別れたんですか？　青陵時代は誰もが憧れる公認のカップルで、凄く仲がよかったし、大学の四年間も一緒だったんなら、たとえアメリカと日本に別れても続けてくことはできたんじゃないんですか……？」

貴尚はベタベタしないクールなつきあい方を望んでいたし、恐らく碧のスタンスもそうだったのだろう。

それなら多少——といえるような距離ではないが——離れて住んでも、休みのたびに会いに行ったり、まめに連絡を取り合ったりで、何とかできたんじゃないかと思う。

「アメリカに行くことになったから別れたってわけじゃないんだ。もうその前から結構ごちゃごちゃしてきてたね。貴尚って、独占欲が強いっていうかさ、溺愛タイプで束縛願望とかもあるだろ？　それが窮屈に思えてきてたんだよね。アメリカへ行くっていうのもすっごい反対されて、それが決定打になったみたいな感じ」

その碧の言葉は、真咲には寝耳に水なことが多かった。

——溺愛タイプ？　束縛願望？　何、それ……。

貴尚は真咲にそんなものを求めたりはしなかった。

だから、真咲はそれに合わせていたのだ。ベタベタしたり、重いつきあいをしたりはしないと決めて。

それなのに、碧は違うという。

——ああ、そっか……。ただの『身代わり』だもんな…。

ちょっと似ているから、だからそばに置いておいただけで、特に愛情をかけるほどの存在でもなかったのだろう。

溺愛なんて、あろうはずもない。

——しょせん、その程度だったってことじゃん……。

やっぱり、碧と自分では全然違うのだ。

改めて思い知らされた事実は真咲を打ちのめしたが、何も感じないくらいに真咲は感情が麻痺してしまっていた。

◇◆◇

悩みが深かろうとなんだろうと、残酷なまでに時は着実に過ぎ、気がつけば「お別れの会」当日になっていた。

今日は青陵の終業式の日でもあり、城田の教員生活の本当に最後の日だ。

出席者は当初の見込みよりも多く、一番大きなバンケットルームだけでも収容しきれず、第二会場という名の入れ替え場を作って「大人なんだから時間と空気を読んで自主的に入れ代われ」という方式を取るほどだ。

そんな大盛り上がりのなか、真咲はこの日も裏方作業に徹していた。

もう一ヵ所借りている部屋で出席者から徴収した参加費を計算したり、卒業生有志の出し物に使用する小道具の管理や、今日の参加者に渡す記念品のチェックなど、しなければならない仕事はいくらでもあった。

「新堂先輩、じゃあ、会場の方へ行かせてもらいます」

同じ裏方に配属されていたのは、卒業して三年未満の――つまり、真咲や真咲以下の若手だった。

一番忙しい時間が過ぎると、真咲は、後は誰かが残ってればそれでいいから、と、残る任務を自分が引き受けて、下級生を会場へ遊びに出かけさせた。

最初は先輩である真咲を差し置いて遊びには行けないと遠慮していた彼らだが、青陵ＯＢがオーナーシェフを務める、絶対にケータリングなどしない有名店の料理や、滅多と会えない有名人のＯＢだのの誘惑には勝てず、さらに強い真咲の押しもあって会場へと向かう。

「うん、ゆっくり楽しんでおいで」

真咲は彼らをにこやかに送り出すと、記念品を紙袋に詰めていく作業を再開した。

これほど大規模に卒業生が集まることは、普段の同窓会でもない、それほど城田が慕われていたということなのだが、みんなで城田と同じ物をこの先も使って、この先も城田を恩師として仰ごうという趣旨のもと、記念品が幾つか作られた。

当初はなかった企画だが、短時間でオリジナル商品を幾つも準備できるのもすべての分野に青陵OBが絡んでいるからだ。

それを持ち帰り用の紙袋に入れていくだけの作業だが、数が重なるとかなり時間がかかる。それでも終わりが見えてきて、真咲は残りの数なら一人でもこなせると踏んで後輩を遊びに出してやることにしたのだ。

もっとも、真咲がここに残った理由は、何も後輩への優しさからだけではない。

真咲自身がここを出たくないのだ。

外に出たら、貴尚と会うかもしれないからだ。

貴尚からは多分ここに来てまで真咲と会おうとはしないだろう。

この前、プライドでもあるのかわざわざ、というのはしたくない様子だと碧は言っていた。

――どうせ、客が全員帰るまでここにいないといけないんだろうし、待ち伏せてまでということも、貴尚はしないだろうと思う。

だから、ここから出さえしなければ、安全なのだ。

「二十個組の段ボールがこれで三十二…あと一つ、二つ……」

順調に記念品を詰めていた真咲は、残りの数と会の終了予定時間を計算して、充分間に合いそうだなと算段を付ける。

夕方から始まった会はすでに四時間が過ぎ、終盤に差し掛かったところだろう。

「もうちょっと頑張ろう……」

軽く伸びをして作業を再開しようとすると、裏に客が来た。

「真咲、ちょっと休憩しろ。摘まむ物、持ってきてやったから」

忠明だった。会場で出されている軽食をいろいろと取り揃えた皿とペットボトルの飲み物を持ってきてくれていた。

「ありがとう。じゃあ、ちょっとだけ休憩しようかな」

真咲は作業の手を止めると、忠明のいる作業テーブルへと近づいた。

「おいしそう。いただきます」

きちんと手を合わせ、盛られている料理を食べ始める。

「最初はもっといろいろあったんだけど、そのうちおまえ出てくるだろうって思ってたから。そしたら裏方作業の連中が、おまえ一人で大丈夫だって出されたって言ってたから」

「うん、忙しいピークは終わったから。さっき会計の先輩に、預かってたお金も渡したし、あとはみんなに持って帰ってもらう記念品、詰めるだけだから、一人でも何とかなるなって」

「一人で何とかなりそうでも、何とかするなよ。そのために裏方を何人かでやらせてんだからさ」

　忠明は少し眉間にしわを寄せて言う。

「分かってる。けど、早めに会場へ行かせてあげたいじゃん」

「おまえはどうなんだよ？　城田先生に挨拶、まだしてないんだろ？　それ食ったら行って来い」

　忠明のその言葉に、真咲は頭を横に振った。

「挨拶、もう済ませて来たんだ」

「済ませたって、いつ？」

　怪訝な顔で忠明は問う。

「今日、昼間に学校へ顔を出してきた。会場では裏方だから、挨拶できないと思うんでって、一足先に挨拶したんだ」

「用意周到だな、おまえ…」

　忠明はため息交じりに言った後、不意に思い出話を始めた。

「中一の時にさ……」

「うん？」

「おまえに、藤居先輩のこと相談されたじゃん。あんときに、俺、不用意に加賀先輩とおまえが似てるとか言ったの、あれ、実は結構後悔してたんだ」

「後悔って、なんで?」

そんなそぶりは今まで一度もなくて、真咲は首を傾げる。

「おまえ、あれから真似し始めたじゃん。最初はさ、ちょっとした雰囲気とかやっぱ似てるじゃんって思ってた。けど、やっぱりもともとのおまえの性格と、あの人って全然違うじゃん。真似が板についてきた頃でも、無理してんじゃないかってことはあったし、実際、言い寄って来た連中を断ったりした後とかで、俺から見たらうまくあしらってるなって思ってても、あんな言い方しなきゃよかったとか、尋常じゃないヘコみ方してたりさ」

「……忠明にはみっともないとこばっか見せてたもんね。忠明だけは、元の僕を知ってるって安心感もあったから、余計に」

寮で同室じゃなくなっても、落ち込むたびに忠明のところに駆け込んだ。

忠明しか、素の真咲を知らないからだ。

今だって、電話やメールで愚痴ったり、泣きついたり、変な相談をしたり、いろいろ迷惑ばかりかけている。

「もっとも、真似てるキャラのおかげっつったら変かもしれないけど、それで周囲とうまくやれてんのかなって思えるとこもあったし、高等部で生徒会副会長に選ばれて、表立って何かをしなきゃなんない時だって、あの仮面をつけてたからこそできてたんだと思う。けどさ、やっぱりそれは本来の真咲じゃないわけだし」

忠明の言葉に、真咲は苦笑した。

「確かに、忠明の言う通り、あのキャラでの言動だからみんなが言うことを聞いてくれて、生徒会でそれなりの役目を果たせたと思ってる。まあ、無駄に迫られたりもして、ヤバかったこともあったけど、キツいことばかりじゃなかった。それに、碧さんっぽい扱いをされて、喜んでたりしたのは事実だしね」

先輩から可愛がられて、後輩からは憧れの目で見られる。

それは優越感を満たしてくれたし、特別扱いをされることはやっぱり嬉しかった。

「……でも、やっぱり長く続けると弊害出るよね」

どんどん乖離《かいり》していく本来の自分と、みんなが知っている「真咲」のキャラ。

その弊害の最たるものが、今回の事件だろう。

自嘲めいた笑みを浮かべる真咲の様子を見ながら、忠明は言った。

「おまえさ、もう素の自分に戻れよ。その方が、俺もいろいろ心配しないで済む」

「…ごめん、忠明には本当に心配ばっかかけてる」

謝る真咲に、忠明は、

「それに、心配してんの、俺だけじゃないし。そうですよね？」

そう言って、忠明は真咲からは山積みの段ボールで死角になっているドアの入り口付近に視線を向けた。

――え？　誰かいる？

真咲がそう思った瞬間、死角から姿を見せたのは貴尚だった。

――！！！！

言葉にならない感情が真咲の頭を突き抜ける。

まるで天敵にあった小動物のように全身の毛を逆立てて、咄嗟に逃げ道を探して後ろを振り返るが、ドアは忠明や貴尚がいる方向一ヵ所のみで逃げ場所などどこにもなかった。

「会ももう終わりだし、おまえ、先輩と帰れよ。城田先生と挨拶も済ませてるみたいだし、後は記念品詰めながらここで番をしてりゃいいだけだろ？　それくらいなら俺にもできる」

忠明は優しい笑顔で、真咲の退路を断つ。

「……裏切り者…」

真咲は小さな声で、しかし精いっぱいの恨みを込めて忠明に呟いた。

「逃げ回ってたってしょうがねぇだろ？」

忠明は軽く言って、真咲の恨み事を軽く躱す。

そして地味にじりじりと後ずさって逃げようとしていた往生際《おうじょうぎわ》の悪い真咲の腕を掴むと、強引に引きよせ、貴尚へと突きだした。

「じゃあ、藤居先輩、あとはよろしくお願いします」

忠明がそう言ったが、貴尚もここまで来たもののどうすればいいのか判断がつきかねている様

子で、動こうとしない。

「先輩。こいつ、首根っこか腕を掴んでないと、外に出た途端逃げますよ？　逃げ足の速さは、この前で体験済みだと思いますけど」

忠明にからかうように言われ、貴尚は苦虫を噛みつぶしたような顔をして、真咲の腕を掴んだ。

掴まれた腕の感触だけで、真咲の胸が痛む。

やっぱり好きだと思う。

好きだと思うけれども、貴尚にふさわしいのは自分じゃないという自覚も強い。

けれど、その手を振り払うことができなかった。

「じゃあ、お疲れ様でした」

忠明は二人が出ていきやすいようにそう声をかける。

それを合図に貴尚は真咲を連れて部屋の外へと向かったのだが、二人が部屋を出る間際、忠明は思い出したように言った。

「あ、藤居先輩」

その声に貴尚が足を止め、忠明を振り返る。その貴尚に忠明はにっこりと笑みを浮かべ、

「そいつの『初めて』を食い散らかした責任は、きっちり取ってやって下さいよ？」

ろくでもない爆弾を投下し、真咲はその瞬間口から心臓が飛び出た。

いや、正確には心臓が飛び出そうなくらいびっくりしたのだが、正直なところ、どうして本当

にびっくりして心臓が飛び出して即死してしまえないんだろうと思った。

——それ、この場で言うことか！　っていうか、どの状況であっても人前で言うことか⁉

思いつく限りの罵詈雑言《ばりぞうごん》が真咲の頭の中を走り抜けたが、それが声を伴って口から出てくることはなかった。

動揺しまくった真咲は、そのまま貴尚に連れられて貴尚のマンションに連れて行かれたのだった。


久しぶりに来た貴尚のマンションは、以前と何も変わっていなかった。

ソファーに腰を下ろしたものの、互いに言葉もなく、テレビも音楽もつけない室内は、時折外から聞こえる車のクラクションが異様なくらい大きく聞こえた。

「青陵の同窓生だってこと、おまえは最初から知ってたんだな」

最初に口を開いたのは貴尚だった。その言葉に真咲は答えず、黙っていた。

「……俺と碧がつきあってたことも、知ってたんだろう？」

真咲はそれにも答えなかった。長い沈黙の後、貴尚が再び口を開く。

「どうして黙ってるんだ」

その言葉に真咲は少し間を置いてから、

「今さらそれに答えて、何になるって言うんですか？」

逆に問い返した。それに貴尚はまっすぐに真咲を見て、言った。

「具体的にどうなるわけじゃなくても、どうしてなのか知りたい。それだけだ」

その言葉に真咲は小さく息を吐いた。

もう、ほとんどのことはさっき忠明との会話で聞いて知っているだろう。

貴尚はちゃんと真咲の口からそれらのことを知りたいだけだ。恐らく「終わり」にするために必要なのだろうと思った。

「……知ってましたよ、全部」

半ば捨て鉢な気持ちで、真咲は続けた。

「二人とも有名人だったんだから、いくら中等部と高等部に分かれてたって言っても、知らない方がおかしいでしょう？　同窓生だってことを黙ってたのは、僕が一方的に先輩を知ってるだけで、先輩は僕のことを知らないんだから、それなら言っても言わなくても、何も変わらないでしょう？」

「……確かにそうかもしれないな。けど、どうして碧の真似なんかしてたんだ」

その問いに、真咲は再び沈黙した。

だが、長い沈黙を経て、真咲は口を開いた。

「中等部の入学式で、生徒会長をしてた先輩を見て、格好いいって憧れて。その後、図書館で高等部の人に襲われたことがあって、その時に助けてくれたのが先輩でした。……覚えてないでしょう？」

貴尚は真咲の言葉に眉を寄せ、しばらく考えていたが、頭を横に振った。

「ああ、残念ながら覚えていないな。言い訳をするわけじゃないが、任期中に似たような案件は幾つもあった。のっぴきならない状況になっていないものに関しては、記憶にない」

無理もない話だ。

思春期の青少年が閉鎖された空間に長くいれば、ほとんどが未遂だが似たようなことは年に何件も起きる。

真咲が生徒会にいた時でも何件も報告が上がったが未遂ばかりで案件内容までは覚えていない。

「先輩にとっては、その程度のことです。でも、あの頃の僕にとっては先輩に助けられたのが物凄い思い出で、それで好きになって。けど、碧さんがいたから、すぐにダメだって分かった。あの頃の僕は――今でも、本当の僕は地味でうじうじしてて、全然ダメなんですよ。だから、碧さんがいてもいなくても、先輩とどうにかなるなんてありえないって分かってた。でも、一人前に落ち込んで――その時に、忠明に、碧さんにちょっと似てるかもって言われたんです。最初は本気にしてなかったけど、目指す路線としてはいいんじゃないかって言われて、真似を始めたんです。碧さんみたいになれたら、いつかどこかで先輩と会った時にちょっとは気にしてもらえるかなって、夢みたいなことを考えて。……でも、夢でもなかったみたいだ。先輩が、僕を気にしてくれたのだって、碧さんに似てるって思ったからだって、前に言ってたし」

もともとの顔そのものが似ていなくても、仕草や表情を真似ることで、近くすることはできると、真咲は分かっていた。

だから、貴尚の前ではことさら記憶の中の碧を思い出して、真似ていた。

「でも……本人が帰って来たんだし、もう、まがい物はお払い箱でいいでしょう？」

精いっぱいさらりと、真咲は言った。

それに貴尚は苦い顔でしばし黙し、ややして口を開いた。

「碧が、店に来た時、心が動いたのは事実だ。あいつはどうか分からなかったが、俺の方は嫌いになって別れたんじゃなかったし、好みの顔であることには間違いがないからな。ただ、よりを戻したいとかそういうのはなかった。あいつを最初の二日くらい泊めてやってたし、その後も店に顔を出したり、それこそ打ち合わせで会ったりしてたけど……真咲を見てた時は『碧に似てるとこあるな』ってそう思うことが何度もあった。けど、碧といると『やっぱり真咲とは違うな』って、違う部分ばっかり目がいってる自分に気づいて——自分で思ってた以上に、碧のことは過去になってるんだなって、感じた」

貴尚が何を言おうとしているのか、真咲には分からなかった。それは真咲の表情から分かっていたのだろう。

貴尚はまっすぐに真咲を見つめ、言った。

「今、俺が好きなのは、真咲、おまえだ」

その言葉に真咲は眉根を寄せた。

「……そんな…嘘…」

「嘘じゃない。嘘なら、おまえを追いかけ回したりしないだろうが」

「だって、あんなに綺麗で凄い人がいるのに、碧さんじゃなくて僕なんて、絶対ありえない。それに…それに、先輩は本当の僕を知らないから……。本当の僕は、全然ダメで、碧さんにも似てないし、だからきっと先輩は嫌になるに決まってる」

どれほどダメかは、自分自身が一番よく知っている。

貴尚には全然ふさわしくないのだ。

「本当の真咲がどんななのか、俺は確かに知らない。けど、俺は今目の前にいるおまえが好きだ。どうしようもなく愛しいと思ってる」

貴尚は優しく口説くように言う。だが、自己評価の激しく低い真咲は、まるで子供が嫌々をする様に頭を横に振って信じようとしない。

「だって…僕と遊園地行くより、碧さんと会うの、優先させたじゃないですか……」

駄々っ子のような物言いをする真咲を貴尚は優しく抱き寄せた。

「あれは、本当に悪かった。おまえが、本当に楽しみにしてたんだって、おまえの代の生徒会長に今日教えられたとこだ」

貴尚はそう言った後、でもな、と続けた。

「別に、碧を優先させたわけじゃない。言い訳にしかならないけど、碧が帰って来たって連絡がまわった途端、仲間内だけでの同窓会がセッティングされて、参加しないわけにはいかなくなったんだ」

「…同窓…会……」

確かに、貴尚は高校時代の友達と会うと言っていた。

真咲は、貴尚が碧の名前を出したくなくて、ぼやかしたのだと思っていたが、碧を含むにしても、真咲が思っていたようなものではなかったらしい。

「どっちにしても、おまえとの約束を反故にしたのは悪かった」

貴尚はそう言った後、静かに続けた。

「もう一度最初からっていうのは、虫がよすぎるだろうけど、これからは誰の真似もしてない、ありのままの真咲で俺のそばにいてくれ」

抱き寄せられた腕の中で、真咲はそれでも貴尚の言葉がまだ信じられなくて、言った。

「素のままの僕なんか、きっとつまらないって、そう思う…絶対」

「もしそうだとしても、その時は俺の好みにおまえを変えてくつもりだから、安心しろ」

耳元で甘く囁いた後、貴尚は触れるだけの口づけを耳朶や頬に繰り返す。

やがてその口づけが唇へとたどり着き、まるで飢えた獣が久しぶりの獲物に食いつくような激しい口づけが真咲を襲った。

「ん……ぅ…う…」

真咲を口づけでおぼれさせながら、貴尚の手は真咲のシャツをたくし上げ、その裾から中へと入りこんで素肌を撫でまわし始める。

「……っ…ぁ、あ」

やがて、慣れた様子で手が胸の尖りを捕らえて摘まみ上げるようにしていたずらをしかけて、真咲の体を甘い痺れが走り抜けた。

「相変わらず、いい声で啼くな……」

喘いだ拍子に離れた唇から上がった声に、貴尚は満足そうに言い、そして不意に何か思い出したような顔をした。

「真咲……さっき、おまえの代の生徒会長が最後に言ってたアレだが…」

「最後に言ってた……?」

愛撫に蕩け始めた真咲の思考は、俄《にわ》かにはその言葉を検索できなくなっていた。

「俺が、おまえの『初めて』を食ったって奴。あれ、本当なのか?」

その言葉に真咲は見る間に真っ赤になった。

「違…っ…」

「やっぱり、違うのか」

貴尚はどこか残念そうな、そして納得したような、複雑な顔を見せる。

「そうだよな…初めてって感じじゃ……」

「いえ、その……違わないっていうか、その…だって、あの……」

しどろもどろな真咲の様子に、貴尚は愛撫の手を止めた。

「何が言いたいんだ?」

改めて問われても、正直言いたくない内容だ。

――なんで忘れてくれなかったんだろ……。

そして、余計なことを中途半端に言った忠明を、闇討ちしたい気分になる。

「真咲、説明して」

重ねて言われ、真咲は、貴尚から目をそらせ、ぼそぼそと小さな声で言った。

「……先輩と、するかもってなって……、僕はそういうことしたことなくて、でも、先輩、絶対僕のこと遊び慣れてると思ってるだろうし……、重い相手は嫌だって感じだったから……初めてとかって分かったら重いって思われると思って……」

そこまでは言えたが、その後、何をしたかは、なかなか言えなかった。

「思ってどうした?」

促す言葉に、真咲は重い口を開いた。

「思って、忠明に相談して……」

「あいつと先にしたのか？」

いきなり一人合点してとんでもない結論を導き出し、不機嫌な様子で言った貴尚に、真咲は慌てて頭を横に振る。

「してない！　したけど、っていうか、相談はしたけど、初めてだけど初めてじゃないように思わせる方法なんかないって。キュウリでもナガナスでもバナナでも好きなの使えとか、無茶なこと言われて……」

「おまえ、まさか」

「だから、それもしてない！　できるわけないじゃないですか、そんなこと！」

恥ずかしすぎて涙目になる真咲だが、動揺のあまり言わなくていい部分まで言っていることには気づいていなかった。

「じゃあ、一体何をしたんだよ？」

結論を求められ、そこで初めて余計なことを言ったことに気づいたが、遅い。

「……ネットで調べて、とりあえず、最初の痛いのさえなかったら、ある程度は演技でごまかせるのかなって思って…媚薬系ジェルみたいの……買って…、それで、ここでシャワーを借りた時に、それ、使って……」

貴尚にとって、それは予想外の言葉だったらしかったが、真咲の言葉を飲み込むと、

「ちくしょう、可愛らしすぎるだろ、おまえ……」

何かをこらえるように言って、真咲に深く口づけた。

「…っ…ふ…、ん、ん……っ」

「俺は、おまえの過去に嫉妬してたんだぞ。一体、誰がおまえの体をこんなにしたんだろうって。もしかしたら、あの生徒会長かもしれないって、ついさっきまで疑ってたくらいだ」

そう言った後、反省したような顔になり、

「初めてだったのに、無茶して、悪かった……」

真咲の額に、自分の額を押し当てて、謝る。

「……大丈夫…、ちょっと、怖かったけど……」

「今日は、その分も優しくする。…やり直しってわけにには、いかないけどな」

鼻の頭に軽く口づけて、貴尚は真咲のシャツのボタンを外していく。

「…こ…ここで……?」

あからさまにうろたえた様子の真咲は可愛い以外の何物でもなく、

「悪い、ベッドまで移動する余裕がない」

ついさっきまであった余裕は、今、売り切れた。

「電気も、つけたまま…なんですか……?」

「気にするな」

「気にするなって……」

煌々とした灯りの元でするなんて、恥ずかしくて仕方がない。だが、貴尚は、

「電気を消そうと思ったら、おまえから一度離れなきゃならないだろ。スイッチ、壁だから」

ほんの少しでも、離したくないんだよ、と耳元で甘く囁かれて、真咲の体が震えた。

「だから、目を閉じて、我慢してくれ」

その言葉に、嫌だと言えるわけもなく、真咲はきつく目を閉じた。そのまぶたに貴尚は口づけ
——その口づけはやがて顔中に降った後、首筋をたどって全身へと散らされた。


「ふ……ぁ…、あ、あっ」

ソファーの上に押し倒された真咲の体からは纏っていた物はすべて取り払われていた。片足は床へ、もう一方は背もたれへと掛けさせられ、大きく脚を開いた状態で、真咲は貴尚の愛撫を受け続けていた。

「ん…っ…ゃ、あ……あ…」

くちゅっと濡れた音が胸から響く。貴尚は執拗に思えるほどの丁寧さで片方の乳首は唇で、もう片方は指先で愛撫をしてくる。

「すっかり、胸が好きになったみたいだな」

軽く顔を上げ、貴尚はどこか満足そうな声で言う。

最初の頃、くすぐったさしか感じなかった胸は、貴尚によって感じるように変えられてしまった。

そのせいで、胸だけにしか愛撫は施されていないというのに、真咲自身は熱を孕《はら》んでしまっている。

覆いかぶさっている貴尚がそれに気づかないわけがない。むしろそれが分かっていながら、無視を決め込んでいるようにも思えた。

「……っ…て…先輩…が……」

明るい場所ですべてを晒している恥ずかしさから、真咲は顔を真っ赤にして言葉を途切れさせながら、抗議するように言う。

「俺が、こういう体にしたんだけどな。……ありもしないおまえの過去に嫉妬して。おまえに『初めて』をなんとかして刻みつけたかった」

自嘲めいた笑みを浮かべ告白すると、貴尚は再び胸への愛撫を再開した。

しこる尖りに甘く歯を立てられ、僅かに痛みを覚えるがそのすぐ後にねっとりと舌で舐めあげられる心地よさにすべてが押し流されてしまう。

もう片方は指先で小刻みに摘まみ上げられたり、押しつぶされたりして、そのたびに走る快感に真咲自身はビクビクと震えて、先走りの蜜を溢れさせていた。

もちろん、その蜜は貴尚の着ているシャツを濡らしてしまっていて、それを感じるから真咲は余計に恥ずかしくて仕方がなかった。

だが、恥ずかしいのはそれだけではない。

貴尚は初めての時の分も優しくする、という言葉を守っているのだろうが、抱かれることに慣れ、後ろでの悦楽を知ってしまっている真咲の体は、優しい愛撫には物足りなさを感じて、早く触れて欲しがっていた。

それに、碧が店に現れてから今日まで、触れられていなかった分、体は久しぶりの愛撫に期待を抱いてしまっているのだ。

それでも、そんなことを言いだせるわけがなく、真咲は身のうちに沸き起こる情欲を持て余すしかない。

「……っあ、あ…」

ただ、いくら堪えようとしても刺激を欲しがる体は無意識のうちに動き始めていた。腰をくねらせて貴尚の体に自身を擦りつけるようにしてしまう。

「真咲、どこでそんなやらしい動き方覚えてきたんだ？」

貴尚は顔を上げると、揶揄《やゆ》の混ざった声で問う。その言葉に真咲はハッとして、慌てて腰の動きを理性でねじ伏せた。

「気持ちよさそうな顔して…」

それに真咲は咄嗟に両手で顔を隠そうとする。だが、その両手を貴尚は捕らえて押さえると、自身の体に当たっている真咲に少し体重をかけ、擦り上げるようにして体を動かした。

「や……っ…ぁ、あっ」

たまらない刺激が沸き起こって真咲の体が跳ねる。

「ホント、可愛いな、おまえは」

貴尚は囁きながら、さらに体を動かして真咲を煽った。

「だめ……っ…やだ、だめ、だめ…」

「おまえの『だめ』は『気持ちいい』と同じだろ？　ほら、もっと感じて気持ちよくなって、可愛く達って見せてくれ」

貴尚の言葉が甘い毒のように真咲の体に回り始める。

恥ずかしくて必死で堪えようとするのに、貴尚の動きにつられるように、真咲の体が刺激を貪ろうと動き始めてしまう。

「……っ…や…ぅ…、あ、あ」

そして、一度快感を得てしまうと、歯止めが聞かなくなってしまった。

「ふ……っ…あ、あ、ああっ…、ん……ぁ、あ」

「ビクビクしてるな……、それにいっぱい漏らして…シャツにしみてきてる」

恥ずかしい指摘をされて、真咲の顔が歪む。だが、貴尚はそんな真咲の顔に満足そうな表情を見せる。

「もう達きそうだろ？　ほら、達って…」

淫靡な囁きと同時に、貴尚は真咲が動くところを見計らってさらに体重をかけた。二人の体の間に強く挟まれる形になった真咲自身は、今までよりも強い刺激に襲われて、あっけなく弾ける。

「や…、…ん……っ…あ、あ、あ、あ……あ、ああっ！」

真咲は一度大きく腰を跳ねさせた後、貴尚の下で不自由にもがきながら、達した。

「あ…あ、…あ」

吐息に濡れた声をにじませながら真咲の体が徐々に弛緩していく。そのすべてを貴尚は見つめた。

「本当に可愛いな。可愛くてどうしていいか分からなくなる……」

唇を薄く開き、荒い呼吸を継ぐ真咲の様子に、貴尚はどこかうっとりとしているような声で呟くと、押さえていた真咲の手を放し、少し体を離した。

それに真咲は薄く眼を開く。貴尚はシャツにべったりと付いた真咲の蜜を指先でとって、それを見せつけるように舐めてみせる。

その淫靡な様に、真咲は声すら出せず体を震わせた。その拍子に、自身の中に残っていた蜜が漏れて、また真咲の体の上に飛び散る。

「随分、多いな……。まさか、あれからしてない？」

「……っ…そ…そん…な…」

答えられないようなことを聞かれて真咲は今まで以上に顔を真っ赤にする。だが、言葉にせずとも、それが充分答えになっていた。

「まあ、これからは自分でしたいなんて思えなくなるくらい、毎日でも絞り取ってやる」

意地の悪い笑みを浮かべた貴尚は、濡れたシャツを脱ぎすてると、真咲の体の上に散っている蜜を自分の指に絡めた。

そしてその指を開かせた脚の狭間で、ずっと触れられることを待ち望んでいた蕾へと伸ばす。

「あ……」

指先が触れた感触だけで、真咲の体は期待に揺れる。その期待を裏切ることなく、貴尚は指を沈みこませた。

「あっ…あ、あ……」

「さすがに、狭くなってるな……それでも、柔らかい…」

「……先、輩…、そういうこと……」

言葉にされると恥ずかしくて仕方がなくて、言わないで欲しいと思うのに、

「でも、恥ずかしいと感じるだろ？　中、今も凄いぞ」

絡みついてくる肉襞を、ひっかくようにして貴尚は中で少し曲げた指をぐるりと回す。

「あぁっ…あ、や……ぁ、あっ」

「それに『先輩』なんて言われると、新鮮で、無駄に萌える…」

碧を演じていた時——後輩だということを隠していたこともあって、ずっと「貴尚さん」と呼

んでいた。

だが、真咲の中ではずっと「先輩」で、仮面が外れてしまった今は無意識に、そう呼び続けていたことに、指摘されてやっと気づく。

「だって……やっ…だめ、そこ…待って、や、や……っ」

説明をしようとした真咲に、それは不要だとでもいうように、貴尚は中に埋めた指で抽挿を始める。

まだ絶頂の余韻が抜けていない真咲の体は感じやすくなっていて、過剰な反応を見せた。

「だめ……だめ…」

「だから、おまえの『だめ』は逆効果だって言ってるだろ？」

貴尚は可愛くて仕方がない、という様子で言いながら、やおら中を穿つ指を二本に増やす。

「あ…っ……ぁ、あ、あ」

真咲の体のことを、本人よりもよく知っている貴尚の指先は、的確に真咲の弱点ばかりをねらって蠢く。

真咲は濡れた声を上げながら、身悶えるしかなかった。

「…ん……っ…や、もう…や……」

後ろからの刺激で、真咲自身が再び勃ち上がり残滓混じりの蜜をこぼし始める。

指で慣らされ柔らかく蕩けた肉襞は、誘い込むような動きで貴尚を唆《そそのか》したが、貴尚はそれに乗ろうとはしない。

指を増やすでもなく、二本の指だけで真咲の体を溶かし続けるのだ。

「…先…輩……っ、もう……」

感じ切り、舌ったらずに聞こえる声で、真咲は言葉を紡ぐ。

「どうした？」

問い返す貴尚に、真咲は眉を寄せた。

「……意地…悪…」

真咲のその言葉に、貴尚は心外だとでも言いたげな表情を見せる。

「優しくしてやってるんだろう？　初めての時の分も」

だが、その口調はどこまでも楽しげで、優しさだけではないと簡単に分かった。

「ぜったい……違…う……」

眉を寄せたまま、まるで駄々っ子のように言う真咲には、微笑ましさしか覚えないらしく、貴尚は優しく笑う。

「まあ、半分くらいは、優しさ以外のものがあるのは認めるよ。……おまえをめちゃくちゃ甘やかしたいって思うのと同時に、泣かせたいって、つい思っちまう。それもこれも、おまえが可愛すぎるのが原因だけどな」

貴尚はそう言うと、緩めていた中を穿つ指の動きを急に強くした。

「あぁっ…あ、あ……っ」

「この後、どうされたい？　このまま、指でもう一度達くか？」

言われたことを、真咲はすぐには理解できなかった。

「…ぁ…あ、何…、や、だめ……あ、だめ、出ちゃう…」

「指で達くのが嫌？　だったら、どうやって達くのがいい？」

貴尚は真咲の耳元に唇を寄せ、甘い声で問い掛ける。

「……ぅ……、あ、あっ」

だが、中に埋められた指は意地悪く蠢いて、答えようとする真咲を阻むかのようだ。

「ほら、真咲、答えて。どうされたい？」

囁きとともに、中の指が動きを止める。

答えるなら今しかないと焦った真咲は、普段だったら絶対に言わない願いを言葉にした。

「…せんぱ……ので…、…きたい…っ」

それが限界だったのに、貴尚は真咲の耳元から顔を上げ、真咲の顔を見つめながら意地悪く聞いた。

「俺の、何？」

「……っ…」

まさか、そこまで口にすることを強要されると思っていなかった真咲は、泣きだしそうな顔をした。

その顔に、貴尚は苦笑する。

「悪い、いじめすぎたな」

貴尚はそう言うと、真咲の中から指を引き抜いていく。熟れた肉襞は穿つ物を失いたくないと、引き留めるように指をきつく締め付けた。

そんな自身の反応のせいで、真咲はさらに強い刺激を受けることになり、体を震わせる。

「あぁっ、あ、あっ」

「抜かないと、入れられないだろ?」

宥めるように言いながら、貴尚はとうとう指をすべて引き抜いた。そして、自身のズボンの前をはだけると、真咲の痴態で完全に猛っていた自身を取りだし、焦れたようにひくついている真咲の蕾へとあてがう。

「あ……」

その感触だけで、真咲の体は期待に大きく震えてしまう。その期待を裏切ることなく、貴尚は充分に解れた真咲の中へと猛りを埋めていった。

「あ……っ、あ、あ…擦れ、る……あ、あ」

「…っ……、そんなに締め付けるな…進めないだろう」

貪欲に絡みつき、締め付ける肉襞に貴尚は少し眉を寄せながらも、確実に奥へと自身を進ませる。

指とは全く違う大きさと、そして長さを持ったそれが体を満たしていく感触は、真咲に深い悦楽をもたらした。気がつけば真咲は自ら腰を揺らして、貴尚を深くまで飲み込もうとしていた。

「や……ぁ…っ、あ、あ…あ、あぁっ」

ことさら甘い声とともに、真咲の体が一度大きく震える。指では決して届かない体の最奥に貴尚が達したからだ。

「ぁあ…あ、あ」

「凄いな…、中がひくついて……」

その言葉にさえ感じて、真咲はきゅっと貴尚を締め付ける。その分、貴尚の脈動や些細な動きまでを敏感に感じ取り、真咲はわななくように唇を震わせた。

「ふ……ぁ…あ、あっ、だめ…、…きそ……、……いき…そう…」

「まだ、動いてないのに？」

「だって……先輩……の…、…もち…い…、…から……」

素直すぎるその言葉がどれほど男を煽るか、真咲に自覚はないだろう。

「本当におまえは…。こんな可愛くていやらしい奴、見たことないな」

満足そうに言うと、貴尚はきつく窄《すぼ》まる中でゆっくりと腰を回した。そして、軽く腰を引くと、容赦のない強い動きで真咲の最奥までを突き上げた。

「あぁっ、あ、ああっ」

貴尚によってもたらされる強烈な愉悦は真咲をあっという間に絶頂へと追いやる。

「ゃ……っあ、……いい…あ、いく、あ、あっ、ああ……！」

目が眩むような快感に真咲は甘ったるい悲鳴とともに蜜を吐き出した。

まき散らされる白濁が肌の上を汚していくその様が、たとえようもなく淫らだった。

「あ…っ、…ん……、あ、あ、だめ、待って、あ、あ」

達している最中の真咲の体を、貴尚は容赦なく突き上げ続ける。

「ぅ……あ、あ、いい、あ、あ…擦…れ、る……、全部…擦れ…ちゃ……」

絶頂の締め付けにきつく窄まる中を貴尚は我が物顔で暴れまわる。

「でも、好きだろう？　達ってる最中に、こうされるのも」

見抜いた言葉に真咲は恥ずかしそうに眉を寄せたが、言いあてられたことでより欲望は深まった。

「…好き……ぁ、あ、あ…っ、また、くる……っ…きちゃ…」

「いいよ、何回でも達って…、俺も、一度出す…」

貴尚はそう言うと、真咲の腰をしっかりと摑んだ。そして、乱暴に思えるほどの強さと速さで真咲の中をかき乱していく。

「ひ……ぁ…っ、あ、あ…っ、あ、あ……っ、あ――っ！」

苛烈な侵略は、真咲の体を絶頂へと誘った。濡れ切った声を上げ、身のうちに沸き起こる法悦に真咲は身悶える。

そして絞りこむようにして痙攣する肉襞の動きに、貴尚は熱を解き放った。

「…っ」

「ぁ…、あ、あっ、奥……いっぱい…出てる…」

擦られて敏感になっている内壁に断続的に浴びせかけられる精液の感触に、真咲は幾度となく体を震わせた。

「真咲…」

貴尚は絶頂に打ち震える真咲の様子を愛しげに見下ろしながら、まだ硬度を残したままの自身でゆっくりと真咲の中を掻き混ぜる。

「あっあ…、あ、だめ…すぐは……」

体内でゆっくりと力を取り戻していく貴尚に、真咲は愉悦に陶然としながらも呟く。

「おまえの中が動いて唆すせいだぞ？　しばらくはじっとしてるが、責任は取れ」

貴尚は傲慢に聞こえるような口調で言いながらも、優しく真咲の頬に口づける。それに真咲は小さく頷いて——いつ眠りに落ちたのか分からなくなるまで貪られ続けたのだった。

◇◆◇

うららかな春の日差しが室内をポカポカと暖めている、日曜の正午前。

真咲はベッドの上でうとうととしていた。

「真咲、昼飯の準備できたぞ」

その真咲の頬に優しく口づけて、貴尚が覚醒を促す。

「ん……」

一度薄く眼を開けたものの、眠たさにまたまぶたが下りてしまう。

「こらこら、寝るな。飯が冷めるだろ」

笑いながら、貴尚は真咲の頬を撫でる。

──余計に眠っちゃいそう……。

大学は春休みで、真咲はずっと貴尚のところに泊まっている。というか、貴尚が家に帰らせてくれない、と言った方が近いかもしれない。

独占欲が強くて、溺愛タイプで、束縛願望がある──と言っていた碧の言葉を、最初はずっと信じられなかったのだが、お別れ会の夜以降、貴尚の本来の姿が全開になった。

どうやら以前は、『顔だけじゃなく言動も碧と似ている真咲は、多分碧と同じように独占欲を表に出すと嫌がるだろう』と予想して、あえてクールなつきあい方をしていたらしい。前にバーで折原と話していたことを後で咎めたのも、真咲が悪かったわけではなく、嫉妬からだと話してくれた。

そういう意味では、貴尚もずっと仮面を被っていたようだ。

「ほら、起きて」

再びの目ざめを促す声に、真咲は目を開ける。

「……おはようございます…」

「おはようって時間じゃないけど、おはよう」

貴尚はそう言うと真咲の頬に口づける。だが、貴尚の唇は頬の上だけにとどまってはおらず、

額や鼻にも口づけを降らせた。

そして最後にたどりついた唇への口づけは、優しく触れるだけのものではなくて、「おはよう

のキス」には不似合いな、深い、濃いものだった。

「や……、だめ…」

口づけだけではなく、布団を引きはがした貴尚の手が、そのまま下肢へと伸びてきて、真咲は

それに制止を言い渡す。だが、貴尚は真咲の制止など気に留める様子もない。

「可愛いくてしょうがない。だから、させて」

理由としては、全く意味不明で、真咲は眉を寄せる。

「……昨日、いっぱいしたのに…」

今日は土曜で明日店が休みだから、と、昨夜店を終えて帰って来た貴尚に、真咲は何度も致された。

最後のあたりはもう意識が完全に飛んでいて覚えていないのだが、体位の関係で——その方が楽だからと、初めて後ろから致されて——思ったほどの腰のだるさはないものの、濃密だった時間は真咲の体力を奪いきり、何時間かは寝たと言っても、回復できているわけではない。

「昨日は昨日。今日は別バラだ」

だが、貴尚はそんなことを言って、真咲のパジャマズボンの中へと手を差し入れてきた。

「だめ…だって……、ごはん…、ご飯冷めるって言ったの、先輩…やっ、あ」

起こしながら真咲に言っていた言葉を思い出し、何とか思いとどまらせようとしたが、貴尚がそんなささやかな理由で止まるわけがなかった。

「あとで、温め直してやるから、今は先に俺に食べられてくれ」

「あ……っ…や…、ずる…い……」

甘く口説くような言葉とともに自身へ直に触れられて真咲は甘く喘ぐ。

「だめ…、だめ……」

それでも、まだ拒否の言葉を口にする真咲に、貴尚は苦笑した。

「最後まではしないから、な?」

全く理不尽な譲歩なのだが、それでも下手に出られると、それ以上、拒むこともできなくて、真咲は頷くしかない。

そんな真咲に貴尚は優しく口づけると、下着ごとパジャマを引き下ろした。そして真咲自身を握りこむと緩やかな愛撫を与え始める。

「あ……ぁ…、あ、あ」

切れ切れの濡れた声を上げげながら、湧き起こる甘い快感に体をもぞもぞと蠢かせる真咲の様子を、貴尚は目を細めて愛でるように見つめる。

そして手の中の真咲が充分熱を孕んで、先端に蜜を滲ませ始めると、貴尚はもう片方の手で自身の前をはだけた。

真咲の可愛い様子に半分ほど熱を孕んでいる自身取りだすと、貴尚は真咲自身に己を重ね二本同時に握りこんだ。

「…っ……」

雄自身が密着し合う生々しい感触に、真咲の体が震える。

朝の——といってももうほとんど昼なのだが——明るい光の中で何をしてるんだとか、道徳的な背徳感と恥ずかしさに襲われるが、貴尚の手と自身が動き始めると、真咲は湧き起こる淫らな熱に溺れるしかなくなってしまう。

「ん……っ…あ、あ…、あぁっ」

「可愛い…もうこんなにとろとろにして」

擦りたてるたびに真咲自身から溢れる蜜が、貴尚の手も自身も淫らに濡らしていき、動きがより淫らなものになる。

ヌチュ…といやらしい濡れた響きさえ、真咲を煽った。

「も…だめ……出ちゃう…」

「いいよ、出して。どうせ我慢できないだろう？　…でも、俺が達くまでつきあえよ」

貴尚は真咲に達する許可を与え、真咲自身を重ねた自身で擦りたてながら、先端を指先で揉みこむ。

「あぁっ、あ、あ…いく、あ、あっ」

真咲の腰がガクガクと震えて、自身から白濁が飛んだ。しかし、昨夜も散々絞り取られたからか、飛んだ蜜は少量で薄いものでしかなかった。

それでも絶頂感はいつもと同じで、その真咲自身と己をまとめる手の輪を貴尚はさらに窄め、密着を高める。

その上でさらに強く腰を使って揺さぶった。

「ぁ…あ、あ、…も、だめ…だめ……」

延々と続く絶頂感に真咲の体が不規則に跳ねる。

「もうちょっと……」

「ん……っ…ふ、あ、あ、あ……もう…無理…、無理……」

感じすぎてつらくて、それなのに、気持ちよさを感じたい自分の気持ちはコントロールができなくて、勝手に腰が揺れてしまう。

「そう、そのまま動いて、俺をもっと煽って」

「やぅ…、あ、あ…も……お願い…終わって……」

泣きを入れた真咲に、貴尚は苦笑して、我儘だな、と言いながら、その気になればまだまだ引きのばせる終わりを、真咲のために迎えた。

「っ」

「あ、あ……っ」

体の上にまき散らされる熱い飛沫の感触に、真咲は昨夜自身の中に幾度となく放たれたことを思い出し、体を大きく震わせて新たな絶頂へと駆け上った。

「……本当に、可愛い…」

愛しさを込めた貴尚の言葉に、真咲は何か言おうとしたが、言うべき言葉も見つからず、薄く開いた唇からは甘い声の混ざる吐息が漏れただけだった。

真咲の体を綺麗に拭いて整え直した貴尚が一度寝室を出て、戻ってきたのは十分ほどが過ぎてからのことだった。

「飯、食おう。温め直してきたから」

そう言うと、真咲の体を抱き起こす。

「歩けない…ほどじゃ、ない…ですよ？」

抱き上げてくれる気配を感じ取り、真咲は言う。最後までされたわけではなかったし、膝は余韻で多少はガクガクしてはいるが、歩けそうな感じはしたのだ。

「俺がお姫様抱っこで連れていきたいだけだ。ほら、首に摑まって」

しかし、貴尚はさらりとそう言う。

甘えたい願望が強い方ではないと自分では思っている真咲だが、それでも丁寧に扱ってもらえるのは嬉しくて、言われる通り貴尚の首に摑まる様にして手を回す。

そしてお姫様抱っこで連れて行かれたダイニングのテーブルに並んでいた昼食は——。

「え……何？　凄い……」

花の形に盛られたチキンライスに、星やハートの形の野菜が彩りに使われているパスタ。添えられたエビフライのしっぽには薄い紙にハサミを入れて輪にした花が巻かれ、小さめのハンバーグはクマの形。

それは茫然と眼を見開いてしまうような、豪華な豪華なお子様ランチだった。

貴尚は真咲をお子様ランチの前に座らせ、言う。

「この前、レストランで注文しそうな勢いでガン見してただろ。年齢制限に気づいてやめたみたいだけど」

それは一昨日のことだ。

店でいつも仕入れている酒屋が休みで、運悪く切れてしまった酒を買いに行った帰りに、もうついでだからと少し早目に夕食を取ることにして、近くのファミリーレストランに入った。

その時に「春のお子様フェア」をやっていて、豪華なお子様ランチの写真がメニューに載っていたのだ。

写真の撮り方もあるのだろうが、とてもおいしそうで思わず見入ってしまっていた。

貴尚の言う通り、十二歳以下のお子様まで、の表記がなければ恥を忍んで注文していただろうと思う。

でも、だからといって、作ってくれると思わなかった。

「嬉しい……けど…、ご飯の花形とか、どうやって……?」

「ああ、型つかった」

あっさりと貴尚は言うが、

「それは、分かってます。その型、どうしたんですか?」

女の子なら、野菜に使っているような星やハートの型はクッキーを使ったりするのに持っているかもしれない。

だが、貴尚が持っているとは思えないし、ご飯の抜き型はさすがに一般家庭にはないだろう。

「買った」

やはり、あっさりと貴尚は答える。もちろん、それ以外に考えられない話ではあるのだが、あっさり言われると脱力した。

「買ったって、このためだけに？」

「このためだけ……になるかどうかは分からないけどな。これから何回でも使えるし」

貴尚はそう言うと、真咲の前に万国旗を取りだした。

「はい、好きな国の旗を立てて」

「……これも、買ったんですか？」

「もちろん。お子様ランチって言ったら万国旗だろ？」

笑顔で言う貴尚の手から、真咲は迷うことなく日本国旗を手に取って、ご飯の上に刺す。

「じゃあ…いただきます」

手を合わせ、食べ始める真咲の様子を、貴尚は幸せそうに見つめる。

——忠明とか、碧さんとかが見たら、バカップルって言いそうだな……。

そんなことを思いながらも、真咲は笑顔になるのを止めることができず、貴尚が作ってくれたお子様ランチを幸せいっぱいな気持ちで食べるのだった。

忠明の受難

CROSS NOVELS

「アデルにガガ、ホイットニー……、はやりもの、押さえとくタイプ？　それとも洋楽好き？」

車に積んだＣＤを物色していた助手席の麗人が聞いてくる。

萩原忠明《はぎわらただあき》は車を運転しながら、なんでこんなことになってるんだよ、と内心で呟き、答えた。

「後者です。古いところだと、カーペンターズとかイーグルスとかも奥にありますよ」

「いくら僕が君より年上っていっても、そこまでじゃないんだよ？　まあ、いい曲が多いから年代を問わないとは思うけどさ」

助手席の麗人——加賀碧《かがあおい》は選んだＣＤを手に取ると、今かかっているＣＤを取りだして入れた。

急死した歌姫ホイットニー・ヒューストンのオールウェイズ・ラブ・ユーが始まる。

「いい声……」

呟くような声で、碧が言う。なんてことのない言葉なのに、やけに艶っぽく聞こえて、忠明は魔性の代名詞は今も健在だなと思う。

——けど、なんで、今こういうことになってんだよ？

本日、二度目の自問。

だが、答えは簡単だ。

脅されたからだ。

あの、城田《しろた》のお別れ会の日に。

真咲《まさき》が貴尚にお持ち帰りという名の拉致をされた後、忠明は真咲に代わって記念品の袋詰めをしていた。そこに碧がやってきて、言ったのだ。

「真咲くんって、君と親友なんだっけ？」

「そうですけど」

「じゃあ、君、僕を家まで送ってくれるよね？」

「は？」

三段論法以上のぶっ飛んだ展開に、忠明は記念品を落としそうになった。

「なんでそういうことになるんですか？」

困惑しきりの顔で聞いた忠明に、碧はあっさりと言った。

「僕は、貴尚の車でここまで来たわけ。で、貴尚は君の親友と帰った。君は車で来てる、僕は足がなくて困ってる。充分理由になると思うけど？」

「加賀先輩を送りたい野郎は、会場に何十人といると思うんですけど？」

青陵学院歴代一のアイドルというか、女王様だ。碧が送れと言えば馳せ参じる卒業生はいくらでもいる。

なぜわざわざ自分に声をかけてくるんだ、と思わずにいられない。だが、碧はやはりあっさりという。

「親友のしりぬぐいはしないといけないんじゃないのかな？」

「しりぬぐいって……」

「なんなら、今から貴尚の携帯に電話してもいいんだよ？　君の大事な親友と話しあってるところに僕が『迎えに来て』なんて言ったら、たとえ貴尚が断ったにしても、僕からの電話ってだけで、ちょっともめるんじゃないかなぁ」

にっこりと笑顔で碧は言う。

そして、もめた後の顛末を予想して、忠明はげんなりした。

今夜はなんとか貴尚に丸めこまれたとしても、ネガティブスパイラル機能が標準装備されている真咲は碧から電話があったというだけで、無駄な勘ぐりをして、悩むだろう。

そして、絶対に忠明に相談という名の愚痴電話をかけてくるに決まっているのだ。

もちろん、愚痴を聞くだけならいい。

問題は、碧だ。

忠明が、今夜送っていくのを断ったら、絶対に貴尚にわざと接触をもって真咲をいじめて楽しむだろう。

そうすればそのたびに真咲は忠明に電話をかけてくる。

——策士め……。

心の中で毒づいて、忠明は頷いた。

「分かりました、送らせていただきます。でも、会が終わるまで残ってもらうことになりますよ。俺、ここの作業終わるまで帰れないですから」

「いいよ。早く帰ったって暇なだけだし。終わるまで僕もここに避難させてもらう。記念写真の対応もいい加減疲れた」

碧はそう言うと、近くの椅子を引きよせて座した。

それを横目に、忠明はひたすら袋詰め作業を続けたのだった。

――送って、終わりだと思ってたのに……。

碧の滞在しているマンスリーマンションに送り届け、そこで任務は終わったと思っていたのだが、その二日後、忠明の携帯電話に着信があった。

液晶表示には信じられない名前があった。

「加賀碧」

登録した覚えのない「加賀碧」の文字に、忠明は誰かの携帯を間違えて持ってきたのかと思った。だが、何をどう見ても自分の携帯電話で。

何が起こっているのか分からないまま、忠明は電話に出た。

「もしもし」

『ああ、忠明くん？　僕だけど』

名乗りもしないで、分かると思っているところにイラッとしたが、実際液晶表示もあって分かった――なくても声だけで分かっただろうが――ので問わないことにした。

「俺、加賀先輩とアドレス交換した覚えないんですけど」

とりあえず事実をそのまま聞いてみる。

『ああ、そのこと？　君に伝えるの忘れてたけど、勝手に登録させてもらっちゃった』

「勝手に？」

『だって、君、携帯電話、机の上に放置してたじゃない。それを僕がいじってても何も言わなかったから、遠回しなＯＫかと思って』

確かに、作業途中でポケットに入れていた携帯電話が邪魔になって、机の上に置いておいた。それについているストラップを碧がいじっていたのは覚えている。その後もいじっていたが、気にしないことに――というよりも目を合わせないようにしていた。

女王様と彼をあがめる生徒は、忠明の同級生にも数多くいた。

確かに、綺麗な人だと思う。

だが、忠明の場合「綺麗」のすぐ後に「でも、おっかない」という印象がつくのだ。

なんだか、取って食われそうで。

それで、できる限り接点を持たないでおこうと、碧を見ないようにしていたのがアダになったようだった。

「……遠回しにもＯＫしたつもりは全くありませんが、登録されてしまったものは仕方ありません。それで、何の用ですか？」

自分のうかつさを呪いながら、忠明は用件を聞く。

『明日、時間取れる？　買い物に行きたいんだけど、つきあって欲しくて』

「は？」

『久しぶりに帰ってきたら、前に行ってた店が軒並みなくなってるんだもん。忠明くん、結構お洒落さんだし、いい店知ってるんじゃないかと思って』

「……お断りします、と言ったら？」

『そうだねぇ…貴尚に連絡取ろうかな。別れたって言っても、いい友達であることには変わりないんだし』

碧はその後に起こる真咲のネガティブスパイラルを完全に見越していた。そうなった場合に忠明が被るだろう被害も。

「…………電車ですけど、いいですか？　俺の行く店、近くに駐車場とかないんで」

忠明は碧の買い物につきあうのと、真咲の愚痴を聞かされるのとを天秤にかけ、前者を選んだ。

それは、真咲の愚痴を聞くのが嫌だというわけではない。

——先輩、どうせそのうちアメリカに帰るんだから、その間だけだ。

という計算があったからだ。

その間自分が人身御供になれば、真咲は貴尚と誰にも邪魔されない時間を過ごせるだろう。そうすれば気持ちも安定して、相談はこれからもされるにしても、少なくとも愚痴は減るはずだ。

同い年だが、真咲はまるで弟みたいだった。

だから、できるだけ、嫌な思いはさせたくないと思ってしまう。

結果、忠明は春休みを碧に連れ回されるという事態に陥っていたのだ。

そして、今日はと言えば――。

「車だと、結構近いんだね、ここも」

車から降りた碧は、駐車場から見えるジェットコースターなどの遊具に目を細める。

麗らかな春の日差しの日曜日。

どこへ行けと言われたのかといえば、巨大遊園地だった。

――これだけうきうきしない遊園地も初めてだな。

忠明は決して言葉にできない思いを胸の中で呟く。

だが、言葉にしないだけで表情には現れていたらしい。

「ねぇ、あからさまにつまらないって顔、しないでもらえる?」

「すみません、本音が押し隠せませんでした」

「いくら年上な分、世間慣れしてるっていっても、傷つかないわけじゃないんだよ?」

そう言って、碧は目を伏せた。その様子に、さすがに悪いことをしたなと忠明が謝ろうとした瞬間。

「なーんて演技も、君には通用しなさそうだし、遠慮なく遊べそう。ほら、行くよ」

碧は軽やかな足取りで、入園ゲートへと向かって行く。

――全く……。

と、思いはしたが、いくら脅されて無理やりつきあわされているとはいえ、承諾したのは自分なのだから、あまり失礼な態度はやめようと忠明は思いながら、碧の後ろをついて行った。

うきうきとはしないものの、碧は別に嫌な相手ではなく、むしろ恋愛感情がない分、忠明も気楽につきあえた。

「次はアレ乗るよ、スペシャル・マウンテン。ほら、急ぐ！」

今までのっていたアトラクションのゲートから出るなり、碧は忠明の腕を摑んで、次の目当てのアトラクションへと走りだす。

「そんな急がなくても……」

「だめ。ちょっとでも急いで時間を短縮して、一つでも多くの乗り物に乗らないと意味ない！」

碧は容赦なく忠明の腕を摑んで走る。

――なんて元気な人なんだ……。

一年分しか知らないが、学生時代の碧の印象は太陽の下で走りまわる、というようなものではなかった。

多くの取り巻きの中央で、艶然と笑み、座している。静と動で言えば、静のイメージだ。

とはいえ、魔性の小悪魔などと呼ばれていた真咲も、実際にはあたふた子ネズミみたいなものだから、人のイメージなんていうのはいい加減なものなんだろうなとも思う。

碧の目当ての次のアトラクションまでは百メートルほどの距離だった。

その最後尾に並ぼうとした時──。

「あ」

「え？」

反対側から、同じように最後尾に向かって走って来た二人連れの片割れと、忠明は同時に声を上げた。

それは、あたふた子ネズミと、碧の元彼──貴尚だったからだ。

ゆったりとした口調で、さほど驚いた様子もなく碧は言う。だが、忠明はただただここで会ったことに驚いたし、貴尚と真咲は困惑していた。

「あれ、偶然」

その困惑の理由を、真っ先に口にしたのは真咲だった。

「忠明……なんで、加賀先輩と……？」

その問いに忠明は、どう説明したものかと口ごもる。

──おまえの安全のためだ、とか言えねぇしな……。

適当な理由を探そうとしている忠明の腕に、碧がすっと自分の腕を絡ませた。

「まあ、成り行き上、見たままって感じ？」

「え……？」

真咲の目が驚きに見開かれ、貴尚はどこか納得した風情。しかし忠明は碧の言葉にぎょっとして慌てて腕を解く。

「全っ然、違うでしょ？　成り行き上仕方なくではあっても、見たままってなんなんですか？」

「照れてるからって力いっぱい否定とか、若いよね」

妖艶な笑みを浮かべ、碧は返す。

「だから、さらに誤解を生むようなこと、言わないで下さい！」

「忠明くんの気持ちはわかるけど、周囲の視線、一人占めしてるよ？　僕は慣れてるから、かまわないけど？」

碧の言葉をみると、四人のすぐ前の客や、後ろにすでに列を作っている客、さらには蛇腹状に並んでいるために折り返しで近くにいる客たちが「一体何の騒ぎだ」という顔で忠明と碧を見ていた。

「……加賀先輩が悪いんでしょう？」

そう言った忠明の声は、かなり小さめのものだった。

「悪いって言われるほどのことはした覚えないんだけど？　まあ、詳しい理由はこのアトラクションに乗ってから話したげるよ。それでいい？」

碧はそう言って真咲を見る。説明を必要としているのは真咲だけだと決めたようだ。実際、貴尚は碧と忠明がそういう関係になったとしても「まあ、アリかな」とでも思っているようで、気にした様子はない。

真咲が頷くのを見てから、碧は忠明を見た。

「じゃあ、そういうことで」

「……はい」

そう返事をするしかない忠明だった。


アトラクションを乗り終えてから説明をすると言った碧だが、碧はライドから降りると、早々に次のアトラクションへと足を向ける。

「加賀先輩、説明するんじゃないんですか？」

忠明の言葉に、碧はにっこり笑った。

「するよ？　でも、わざわざ足を止めなくても、説明できる場所はあるからね。リトルワールドなら、船に乗ってゆっくり回りを見るだけだし、見ながら説明できるし。それでいいよね？」

碧は同じライドに乗って、一緒に降りてきた真咲と貴尚に目をやり、聞いた。聞いたというよ
り、そうするからついて来い、という意思表示だ。

もちろん、後ろの二人も頷くしかなく、碧の先導で気がつけば奇妙なダブルデートのごとき四人は次のアトラクションへと進んでいた。

が、碧はアトラクションに到着し列に並んで少しした頃、四人ではライドに乗らない、と言いだしたのだ。

「だって、説明が必要なのは、真咲くんだけだよね？　真咲くんには、説明とは別に、ちょっと話したいこともあるし」

「話したいこと？」

碧の言葉に何か不穏な気配を感じ取ったのか、貴尚が警戒した表情を見せる。それに碧は肩を竦ませた。

「別に、悪口を吹き込もうってわけじゃないし、二人の仲をどうこうするつもりもないよ。とっくに僕と貴尚は終わりきってるんだから」

「じゃあ、何を話すつもりなんだ」

「おまえには聞かせられないし、人の耳のあるとこではできない。それで察してくれない？」

つまりは、シモ的な何かなのだろうと、真咲にもおおよその予想はついた。

「真咲、碧はこう言ってるが、二人でも大丈夫か？」

貴尚は真咲の様子を窺う。真咲は不安がないわけではない、という様子ながら、頷いた。

「じゃあ、決まり」

話を終わらせようとした碧に、忠明が口を開く。

「……誤解を生むような説明、しないで下さいよ」

「僕とつきあってる、とか、今日はデートです、とかそういうことは言うなってことだよね。分かってるって」

碧はさらりと言った。その言葉で二人がつきあっているわけではないらしいということは真咲にも分かった。だが、どうしてこの二人が休日の午後に遊園地に来ることになったんだろうという疑問が残る。

「今ので八割がた、説明ついたような気がするけどな」

貴尚はそう言ったが、真咲は残る疑問を口にして、結局そのまま二手に分かれてライドに乗ることになった。

もっとも碧は、貴尚と忠明には気乗りしないなら外で待っていていい、と言ったのだが、碧と真咲から目を話すことには躊躇しか覚えない二人は、当然、すぐ後のライドに乗ることにした。


「さて、と、とりあえず僕と忠明くんのことから説明しようかな」

ライドが動き出し、ややしてから碧はおもむろに口を開いた。

「おつきあいをされてるってわけじゃないんですよね？」

確認する真咲の言葉に、碧は頷く。

「うん。城田先生のお別れ会の後、家まで送ってもらうことになって、それでその後も僕が彼を呼び出して、買い物につきあってもらったりしてる。日本にいない間に、僕が通ってた店とか、なくなっちゃってたから、新しい店を紹介して欲しくて。ほら、忠明くんってお洒落だから、絶対いい店を知ってるはずだと思って」

確かに、忠明はセンスがいい。だから、碧の言うことも頷けるのだが、

「でも、どうして今日はここへ？」

その疑問まで納得させるような答えではなかった。碧はその問いに少し笑った。

「前に会った時、貴尚が溺愛タイプだって言ったの覚えてる？」

「……はい」

問いの答えにならない言葉が返ってきて、軌道修正した方がいいのかと思った真咲だが、どこからか答えにつながるかもしれないと、とりあえず頷いて返事をする。

「その時は、理解できてないみたいだったけど、今日の状況を見てると、身を持って理解できてるみたいだね」

その言葉に真咲は余計なことまで思い出しそうで答えはしなかったが、隠しようなく赤くなった頬で返事は分かったのだろう。碧は薄く笑いながら続けた。

「僕は、そういうのダメだった。束縛されてるって感じちゃってね。でも、忠明くんって違うじ

ゃない？　クールっていうか、まあ僕にそういう意味で興味がないからだとは思うけど、つきあいやすいんだよね。

　確かに、忠明は面倒見はいいが、べったりというタイプではない。青陵時代の遍歴を思い返しても「本当に好きだと思ってくれてるのか分からない」というのが原因で別れたことも結構ある気がする。もっとも、その原因の一端となったのは、何かと相談事を忠明にもちかける真咲の存在ではあったのだが。

「確かに…適度なつきあい方っていうか、そういうタイプだと思います。つきあいやすいから、今日、ここへ来たんですか？」

　つきあいやすいからという理由で、休日の、ほぼデートスポットといえる遊園地に男二人で来るものだろうか？　もちろん、碧が無類の遊園地好きだから、忠明がつきあったということも考えられなくはないが、直感的に、違うような気がしてしまう。

　その真咲の疑問に返って来た碧の返事は、

「分かりやすく言えば、好きなんだよね、忠明くんみたいなタイプ」

という、シンプルだが真咲を驚かせるのには充分なものだった。

「だから、いろいろ理由をつけては、あちこちに誘い出してる。最終的には恋愛関係に持ち込むつもりで。今はちょっとずつ相手のテリトリーに踏み込みながら、出方を窺ってるってとこかな」

さらりと続けた碧に、真咲は返す言葉がなかった。その真咲に碧はどこか憂いのある笑みを見せた。

「結構、本気なんだけど、全然脈なしっていうか、むしろ嫌われてるって感じなんだよね」

「嫌われて…？　そんなことはないと思います。忠明は、ホントに嫌な相手だったら口もきかないっていうか、徹底しちゃうタイプだから」

碧の寂しげな表情に、真咲は急いでそう言う。とはいえ、それは嘘ではなく、忠明の姿を忠実に言い表していた。

「加賀先輩を、そういう対象として見てるかどうかは分からないけど…少なくとも嫌いじゃないと思います」

「おっかない」と言っていたことも思い出したが、それを真咲は言わないことにした。

「じゃあ、希望は捨てなくてもいいってことかな」

「多分…」

「じゃあ、もう少し粘ってみよう。で、これが今日一緒に来てた理由。理解してもらえたかな」

その言葉に頷いた真咲に、碧は薄く笑って、

「それで、ここからは余計なおせっかいになるんだけど……貴尚のコト。走るのかなりきつそうな感じだけど、腰、大丈夫？」

そう切り出した。言わずもがな、夜のことへの心配だ。

正直、元彼の碧とこういう話をしていいものなのかどうか戸惑う真咲なのだが、確かに体が結構つらいのは事実だ。その分、甘やかして何もしなくていいようにしてくれているとはいえ、学校が始まってもこの調子だと相当厳しいなと思う。

「大丈夫…といえば、大丈夫なんですけど」

控えめに、大丈夫じゃないこともあると伝える真咲に、

「貴尚にはねぇ……」

密かな作戦を授ける碧だった。


その頃、後ろのライドに乗った二人はと言えば、前の様子ばかりを気にしていてアトラクションになど目もくれていなかった。

「何、話してんだろうな……」

「真咲の様子見てると、キツイことは言われてないみたいですけど、余計なことは言ってそうですよね」

貴尚は、碧のことは信用しているのだが、深い仲だったこともあって、悪気はなくとも話した内容によっては、真咲が傷つかないかと――とにかく繊細な真咲なので、それが心配だった。

そして忠明は、純粋に碧が余計なことを言ってなければいいなと願う。

——つきあってないっていうのは分かっただろうけどさ……。

どうして一緒にいるのか、というあたりのことをどう説明してるのかは激しく気になった。

——まあ、後で真咲にどう聞いたか聞けばいいか……。

忠明がそう思った時だ。

「ところで、萩原くん、真咲がいろいろ君に相談してるみたいだけど？」

「……まあ、仲いいんで。答えづらいようなことまで相談されて困ることもありますけど」

正直「初めてだけど、初めてじゃないように見せる方法」を相談された時は、どうしてやろうかと思った。

「寮で、同室だったこともあるって？」

「ええ、中一と、高三の時に。高三の時のは、まあお約束ですよね」

生徒会や寮会は行事が多い。つまるところ役員の会合が多いということになり、それなら中心になる三年の役員を同室にしたら手間が省けるんじゃないかということから、いつの間にかそういう慣習になっていた。

「城田先生のお別れ会で『萩原会長と新堂副会長ってホントは恋人同士だった』なんて噂も結構聞いたんだが、そのあたり実際のところは？」

そう言った貴尚の口調は軽かったが、目はかなり真剣だった。

「やめて下さいよ。真咲が先輩一筋だって言うのは、あいつ見てれば分かるでしょう？」

「おまえに、特別な感情は」

「ありませんよ」

即答した忠明に、まだ貴尚は疑いを持った目を向けている。

「特別な感情もなくて、卒業後もいろいろ相談ごとにのるわけか？　それこそ、立ち入った部分にまで」

「マジで勘弁して下さい。相談乗るぜって俺から言ったわけじゃないですよ。あいつが勝手にいろいろいろいろ連絡してくるだけで」

「最近は？」

「……ありませんよ」

奇妙な間が空いたのは、あったからだ。それも「毎日エッチって多いよね？　春休みだからだと思う？　学校始まったら週に何回くらいが妥当？」などという、「他人の性生活の頻度なんか知るか！」と言いたくなるような内容のものが。

貴尚は疑惑の目を向けていたが、とにかくありません。先輩とうまく行ってからこっち、物凄くご機嫌です、と話を終わらせた。

そして、話は終わったのかすっかりアトラクションを楽しんでいる前のライドの二人を見ながら忠明は胸のうちで深い深いため息をついた。

——マジで、何かの呪いか？　加賀先輩には取りつかれるわ、藤居先輩にはあらぬ疑いをかけられるわ……。

　だが、少なくとも前者は碧がアメリカに帰るまでだ、と忠明は自分を勇気づける。

　しかし、この数日後、忠明は碧に飲みに誘われて酔いつぶされ、翌朝全裸の碧の隣で同じく全裸で（明らかに事後）目を覚まし、青ざめるという事態に陥るのだった。

　そしてさらには、春休み終了直前、

「アメリカに帰るの、やめちゃった」

という爆弾発言を碧から聞かされることにもなるのである。

あとがき

こんにちは。なぜだかわからないのですが、幼稚園の頃に「この子は大きくなったら酒飲みになるわー」と太鼓判を押された松幸《まつゆき》かほです。最近、日本酒がおいしいと思い始めました↑予言的中（笑）。

さて、このたびは「君に触れたら」を手に取っていただきありがとうございます。個人的に、好きなのはゴーヤのあたりです。あとがきから読んで下さっている方にとっては、なんのこっちゃ、ですが……。

今回、イラストをつけて下さったのは、小椋《おぐら》ムク先生です。もうね、もうね……送って下さるラフが凄いの……。何パターンも送ってくださって、その中から選ばせていただくのですが——。

選ぶとか、無理！　どれも載せてほしいよ！

と激しく身悶えつつ、編集様と選ばせていただきました。

格好いい貴尚《たかなお》やら、可愛い真咲《まさき》やら（もう本当に！）、美人な碧《あおい》さんに、男前な忠明《ただあき》……もう、本当に眼福です。

本当にありがとうございました。


さて、今回は舞台としてバーが出てくるのですが、私、いわゆる「バー」には行ったことがなかったりします。

作中に出てくる「ヴェスパー・マティーニ」は、大好きなハードボイルド小説の中に出てくるアイテムで（その作品内では「ボンド・マティニィ」の名前で出てきてますが）、今回、使わせていただきました。その小説に出てくるバーテンが、また格好良くて！　初めて読んだのはもう十年以上前なのですが、今でも何回も読み返しております。ああ、坂井きゅん…v←大ヒント（ていうか、いつからクイズになったんですか）。

あれ…もうちょっとページを稼げるかと思ったのに……今回あとがきが4Pあるんですよ。なのに、こういう時に限って書くネタがないのですね。仕方がないので、どうでもいいプライベートのお話でも。

カバー裏コメントにも書きましたが、イケメンと小悪魔なお人形を所有しております。球体関節人形と呼ばれる種類の、キャストでできた、ガラスの目をはめ込むタイプの人形です。

大きな子は70センチ、小さい子で40センチくらい（あ、もっと小さい子で30センチくらいの子も持ってるわ……）で、そんな子たちが家に十体以

あとがき

上……。それも、八割が男子ドールだったりします。

いや、でも本当に可愛くて綺麗なんですよ。もともとお人形が好きだったので、激ハマりしております。最初の子を購入してから、もう十年近くになりますが、衝動は治まっているものの、相変わらず好きです。

もちろん、そんな大きな子ばかりではなくて、子供の頃から馴染みのあるリカちゃんやジェニーちゃんも持っています。福島県に、リトルファクトリー（以前は「リカちゃんキャッスル」という名前でした）という、リカちゃんをはじめとしたお人形の生産工場があるのですが、なんと、以前の名称そのままに、外観がお城なんですよ！　ファンとしては、やはりお城に一度は行かないと！　と思っております。お休みが取れたら行こうかな、と画策中です。ちなみに、リカ・ジェニーは三ケタ所有です。

部屋の片付かない理由の半分は、お人形です（笑）。


あ、人形トークで（しかし、読んでくださっている方には非常にどうでもいい話題で）かなり行数を稼げた、しめしめ。

最後のページになりましたので、そろそろ締めの作業に。

毎度のことですが、担当編集のY嬢には本当にお世話になっております。電話でのトークが毎回脱線してすみません。

それから、ご近所同級生のPちゃんに、車好きのM氏。車をいつも出してくれてありがとう。二人のおかげで、私、永遠にゴールド免許でいられそうです（ペーパードライバーですみません。ちなみに、ミッションで免許は取りました。さらについでに中型二輪の免許も持ってますが、乗っていません……）。

相方のまいちゃん、いつもゲリラ的な連絡のとり方ですみません。正月のブログを勝手にカッパで更新して申し訳なく思ってます。が、後悔はしていない↑おい。

そして、カッパ姿にもあきれず、また、「カッパって何」と思いつつこの本を読んでくださっている皆様、本当にありがとうございます。

これからも頑張りますので、どうぞよろしくお願いします。

二〇一二年　まだ二個の湯たんぽがヘビロテ中の三月中旬　松幸かほ

CROSS NOVELS既刊好評発売中

三つ指ついてミミつけてあなたをお迎えいたします。
兄の友人と同居することになった拓海。差し出されたのはウサミミ!?

ぎゅっとして　そばにいて

松幸かほ　　Illust 三池ろむこ

「責任は取るから嫁になれ……覚えてないけど」
トラブルで会社を辞めることになった拓海は、
兄の友人・仁と同居することに。しかし、ある日酔った彼に無理やりされてしまう。昔から大好きだった仁から与えれる快楽に、流され美味しく頂かれてしまう拓海。翌朝、混乱する拓海に仁から告げられたのは思いがけない言葉だった。少しだけ擦れ違ったまま始まる新婚生活。だが、新妻・拓海がお願いされたのは、ウサ耳つけてのお出迎えで!?

CROSSNOVELS好評配信中！

携帯電話でもクロスノベルスが読める。電子書籍好評配信中!!
いつでもどこでも、気軽にお楽しみください♪

QRコードで簡単アクセス！

支配者は罪を抱く

illust しおべり由生

松幸かほ

この世の誰よりもおまえを愛している

皇一族総帥・飛鶴に仕える小陵には、幼い頃の記憶がない。そんな彼にとって、深い愛情で自分を育ててくれた飛鶴が世界の中心だった。だが、飛鶴の周りに花嫁候補が現れる度に胸が痛むようになった小陵は、その感情が恋だと気づく。
「私は……とても悪い男だぞ。それでも好きか？」
悲しげに問う飛鶴の真意を読み取れない小陵は、彼の巧みな愛撫にただ溺れてしまった。しかし数日後、失った記憶に飛鶴が関わっていたと知って——!?

白鷺が堕ちる夜【特別版】

illust 緒田涼歌

松幸かほ

ひと夜の値段は一億円——

日舞桃井流の師範代「花鶯」の名を持ちながら、サラリーマンとして生活する晴己は、ある日突然、新社長クラウスの秘書補佐に任命される。ドイツからやって来た新社長は、六年前、実家への援助の代わりに一晩だけ身体を重ねた相手だった……。愛人になるという条件を反故にし逃げた晴己に、再会したクラウスは見返りを要求する。繰り返されるのは、「好き」という愛の言葉。クラウスの真意が分からず、混乱する晴己だが!?

海神《わだつみ》の花嫁

illust 高野優美

松幸かほ

月満ちる時、金魚は花嫁となる。

19歳の夏休み、離島に住む祖母の元を訪れた和沙は、自分が島で海神の化身と崇められている青年・浄夏の花嫁だという事を知らされる。13年前、祭りの夜に約束をしたというのだ。驚く和沙だったが、婚礼儀式は島の大事な行事のひとつで形式だけだという言葉に、花嫁になることを承諾する。しかし初夜の晩、気づくと部屋中にはいつも浄夏が纏っている甘い香りが漂い、身体の奥に感じるのは熱い疼き。さらに浄夏から情熱的な愛撫を与えられた和沙は……。

CROSS NOVELSをお買い上げいただき
ありがとうございます。
この本を読んだご意見・ご感想をお寄せください。
〒110-8625
東京都台東区東上野2-8-7　笠倉出版社
CROSS NOVELS 編集部
「松幸かほ先生」係／「小椋ムク先生」係

CROSS NOVELS

君に触れたら

著者
松幸かほ

2012年4月24日　初版発行　検印廃止

発行者　笠倉嗣仁
発行所　株式会社　笠倉出版社
〒110-8625　東京都台東区東上野2-8-7　笠倉ビル
[営業]TEL　03-4355-1110
FAX　03-4355-1109
[編集]TEL　03-4355-1103
FAX　03-5846-3493
http://www.kasakura.co.jp/
振替口座　00130-9-75686
印刷　株式会社　光邦
装丁　磯部亜希
ISBN　978-4-7730-8605-8
Printed in Japan